THEODORE BOONE

The Fugitive

西奧律師事務所

FBI的追擊

John Grisham

約翰・葛里遜 著　周怡伶 譯

遠流

【推薦文】

從日常生活型塑公民素養與品格

民間公民與法治教育基金會執行長 李岳霖

閱讀約翰・葛里遜的作品，總是令人驚奇與欲罷不能！而〈西奧律師事務所〉系列第五集《FBI的追擊》的敘事張力尤其使我讚歎，其與公民教育是如此水乳交融而引人入勝。

故事從一場再平常不過的中學校外教學開始。當西奧在一個陌生城市的地鐵中瞥見熟悉面孔，心底驚呼「是彼得・達菲」的時候，訝異與好奇心便驅使著他，一步步進入那場曾經而未完的審判，陷入追擊目標疑犯與實現正義的糾結之中。西奧應該怎麼做？他辦得到嗎？這就是葛里遜式小說的敘事方式，扣人心弦又巧妙地將主題表達出來。

對青少年讀者而言，法庭推理小說無疑是詮釋法律或推進法治教育的絕佳媒介。說故事是我們最容易藉此汲取常識的途徑之一，而說出一個有法庭活動、法律基本概念或原則底蘊的題材故事，則讓看似平常的汲取常識變得不簡單。從西奧與律師雙親、甚至伯父的交談中，約翰・葛里遜用最平易近人的敘事手法，寓於生活，帶出法律與法庭的相關常識，其中有程序更有實體，相信大家一定會被如此深入淺出地處理嚴肅法律議題感到興味盎然。

在這本書中，一步步懸疑的故事場景，加上一個愛管閒事且好奇於法律與犯罪的男孩，一開始就面臨勇敢而光榮的抉擇時刻：西奧在疾駛的地鐵上認出彼得．達菲，他究竟要追蹤這位謀殺犯，設法讓他接受審判？抑或選擇當一個乖巧用功的學生，因爲罪犯與審判是大人世界的事？同樣的，身爲證人的巴比．艾斯科巴會怎麼做呢？他面臨非法移民居留的可能控訴，以及是否坐上證人席指證罪犯的兩難。約翰．葛里遜試著透過這兩個角色，告訴我們價值與利益權衡的困難，以及在匡正正義的內涵裡，什麼又是更高階或更有意義的價值決定。

當然，最值得分享的是，緊湊的情節來到了故事中所有人物必須面對的謀殺罪犯與審判時刻，「程序正義」與「無罪推定」的觀念鮮活地躍然紙上。約翰．葛里遜把「法治」的幾個基本核心價值在故事中開展，流暢地傳遞給讀者，眞是值得給予掌聲。還有，更讓我驚豔的是審判即將結束、陪審團行將做出決定之時，約翰．葛里遜以判處死刑或認罪協商與否的抉擇掀起高潮，直率地碰觸我們社會中廣泛受到討論（甚或可以說是論戰）的話題！誠然，故事有了結局，審判也有了結果，但是對於是否將謀殺犯處以最極刑，約翰．葛里遜並沒有寫出見解或答案，他藉由各種對話與情境，引導讀者思考死刑存廢的應然與實然，無疑是理性討論與公民素養的展現。

在法庭裡，約翰．葛里遜鮮明地刻劃了法官、陪審團、律師、檢察官、被告及目擊證人的立場，在不同的角色地位上看待一件事或一個人有多麼不同。當我們努力討論對青少年的法治教育與公民教育該如何做的時候，透過〈西奧律師事務所〉的故事與場景，或許可以發現一個有趣的視野：法治教育的傳播，未必只能在課堂上宣講；公民與品格的形塑，更應該在日常生活中實踐。

很高興能與大家分享這部作品，願大家和我一樣，享受它的美妙。

【推薦文】

貼近新世代特質的優質小說

臺北市士東國小校長、兒童文學作家　**林玫伶**

好的青少年小說，要讓讀者能夠觀察、能夠借鏡、能夠仿效。《西奧律師事務所：FBI的追擊》這本書不但能培養讀者解決問題的能力，還能從中學習法律知識與資訊；更棒的是，主角西奧的人物刻劃十分生動，擁有追根究柢、細心與智慧、正義與關懷的特質，與新世代積極參與社會的熱情相當吻合。

全書沒有冷場，情節高潮迭起，隨著故事線發展隱藏在裡頭的棉針，便透過法治素養貫穿其中，讓人一方面充分享受閱讀小說的樂趣，一方面學習理性思辨與邏輯思考，不僅題材少見，知性成分也處理到「入口即化」，是一本不可多得的優質小說。

【推薦文】

透過小說開啓法律觀念的視野

新北市光華國小校長、新北市國教輔導團社會領域國小組召集人 **林惠珍**

法律素養是現代公民必備的能力，在小學的社會學習領域教材中也有法律相關的單元，但是老師在教學時，深感學生缺乏先備知識不容易學習，需要課外讀物來充實知能。

美國法律小說家約翰．葛里遜撰寫的《西奧律師事務所：FBI的追擊》正好可以當做補充的課外讀物。中小學生好奇心強，喜愛閱讀冒險小說，本書以十三歲的西奧爲主角，運用法律及法庭推理爲題材，創作出適合青少年的小說。學生在閱讀中，除了被驚險懸疑的情節吸引外，也可藉由專有名詞的說明，打開法律觀念的視野。這是一本值得推薦給所有青少年朋友、也歡迎所有中小學教師共讀的好書！

【推薦文】

法律知識加上無比的好奇

國家教育研究院院長　**柯華葳**

專以法律題材寫小說的約翰・葛里遜，爲青少年寫了〈西奧律師事務所〉這一系列的法律故事。就如過去的作品，書中不但劇情起伏，葛里遜也爲讀者製造各種線索，帶領讀者認識法律知識與司法體系，思索什麼是公平審判、什麼算是證據，並且引申出如認罪協商、保釋、律師如何操作等層面。

透過作者細膩的描述，讀者可以和主角西奧在生活中以及法庭上近距離觀察人、事、物。我們雖然不是FBI，但可以像FBI一般有機動性；我們不是律師或檢察官，但能夠蒐集各種資料以爲辯護之用；而我們也不是法官，但可以就著資料推理判斷。法律知識加上無比的好奇，西奧在書中成就了你我想達成的社會正義。

【推薦文】

追求公平，要有膽識

新北市私立育才國小校長 潘慶輝

西奧是一個充滿好奇又具有正義感的少年，透過一件謀殺案件的追蹤與審理過程，將法庭對於刑事案件的事實認定、無罪推定、審判程序、證據裁判與陪審團制度，一一地以生活事件呈現出來，揭開了法庭莊嚴而陌生的紗幕，讓隨著故事進入緊張或膠著情節的讀者，也能夠學習法庭內的檢辯證據，更可以了解法庭對於維護人權與正義的歷程。

「法律之前，人人平等」，在民意與輿論都說有罪的情況下，要能夠維持公平審判的空間，的確相當不容易，除了細心收集、保存證據、縝密地推斷動機、嚴格把守公平透明的程序，更需要有「證明有罪」的實證動作，才能進行實質的審判，也才能維護正義的最後一道防線，這需要智慧，更需要膽識。

讀〈西奧律師事務所〉第五集《ＦＢＩ的追擊》，不但能夠暢遊美國華盛頓，更可了解美國法庭在進行民事、刑事審判的程序和法則，是一本兼具歷史、地理與法律的文學作品。

PART 1

追捕行動

第1章

雖然斯托騰堡的街燈還亮著，東方也不見一絲天光，學校前面的停車場卻是一片熱鬧，將近一百七十五名八年級生搭乘家裡的轎車或廂型車抵達，開車的家長一個個睡眼惺忪，等不及要擺脫這些孩子好幾天。孩子們都沒怎麼睡，整晚在收拾行李、在床上翻來覆去，太陽還沒露臉，就早早跳出被窩、沖個澡，再多裝些行李、叫醒爸媽、快快吃完早餐，總之，就像個五歲小孩等待耶誕老公公那樣雀躍。他們遵照指示，在早上六點整同時抵達學校。四輛外形修長閃亮的同款遊覽車整整齊齊排成一列，等著迎接他們，車燈在黑暗中閃爍，柴油引擎低聲噗噗作響。

八年級戶外教學之旅來囉！搭六小時遊覽車到華盛頓特區，三天半遊覽各個景點，四個晚上在高樓飯店裡歡樂胡搞。為了這趟旅行，同學們已經努力工作好幾個月——星期六早上賣甜甜圈、拚命幫人洗車、清理路邊水溝、回收鋁罐、向同樣那幾家每年都捐錢的市區商家勸募、耶誕節假期挨家挨戶兜售水果蛋糕、拍賣二手體育用品、烤蛋糕募款、騎車募款、賣書募款，只要是通過「教學旅行委員會」認可的事業，哪怕只有一點點利潤，他們都熱切投入。所有收入歸整起來，目標是一萬美元，這當然不夠支付所有開銷，但起碼有這數字就能成行。今年全班已經籌了將近一萬兩千美元，表示每個學生還要繳一百二十五美元。

儘管有些學生家裡負擔不起，卻沒人會被拋下，這就是他們學校悠久的傳統。每一個八年級學生都要去華盛頓，隨行的是十位老師和八位家長。

西奧．布恩的媽媽沒有自願隨行，西奧因此感到興奮不已。他們之前在晚餐時討論過，他爸爸立刻表態不去，理由和以前一樣，就是他太忙了。媽媽剛開始好像有點想跟，但沒多久就明白她沒辦法去。西奧看過她辦公室裡的出庭日程表，他很清楚自己在華盛頓盡情玩樂的時候，媽媽正在開庭。

他們在車陣中等待，西奧在前座摸著他的狗狗「法官」的頭，牠的身體一半坐在西奧大腿上，一半在座位之間的置物箱上。通常法官要坐在哪裡都是隨牠高興，布恩家沒有人會有意見。

「興奮嗎？」布恩先生問。他負責送孩子上學，因為布恩太太要回床上補眠一小時。

「當然囉，」西奧試著隱藏興奮之情，「不過，遊覽車要坐好久。」

「我打包票你們在出城前就會睡著了。所有規定我們都談過了，還有疑問嗎？」

「已經說過幾百次啦。」西奧有點洩氣。他喜歡爸媽，他們的年紀比一般父母稍大，而他又是唯一的孩子，有時候他們似乎有點太過保護了。西奧討厭的事情之一就是他爸媽很喜歡規定，而且不管是誰訂的，只要是規定就得確實遵守。

西奧認為這可能是因為他們倆都是律師。

「是啊，是啊。」他爸爸說：「你就照著規定，老師怎麼說、你就怎麼做，不要做出什麼傻事。記得兩年前的那件事吧？」

兩年前發生的那件事，別說是西奧，有哪個八年級生會忘記呢？金波·南斯和達克·德佛這兩個活寶從飯店五樓房間往底下的室內大廳丟水球。沒人受傷，不過有幾個人被砸得一身溼、氣得七竅生煙。有人告發他們，結果這兩個男孩的爸媽得在半夜開六小時的車去接他們，然後再開六小時回斯托騰堡。金波說那趟路好遠好遠。他們被罰在家禁足一個星期，學校收到通知說以後教學旅行請找別家飯店。這起災難已經傳遍全城，而且被拿來當做教訓並嚇唬西奧與其他要去華盛頓的八年級生的活教材。

他們終於停好車。西奧向法官說再見，要牠在前座待著。布恩先生打開後車門，取出西奧的行李，他用的是一個尼龍材質的旅行袋，限重九公斤；任何超過九公斤的東西都會被丟下（重要規定之一！），犯行小孩會被迫在缺乏乾淨衣服和牙刷的情況下旅行。不過西奧一點也不擔心這個，他和童軍夥伴們在森林裡度過的那一週裝備更少。

蒙特老師帶著幾個磅秤站在一輛遊覽車旁邊，在行李送進行李艙之前一一秤重。他時而微笑、時而大笑，和學生們一樣興奮。西奧的旅行袋重八點八公斤，背包則遠遠不到限重的五公斤，因此西奧算是過關。蒙特老師檢查旅行袋上的名牌後，告訴西奧可以上車了。

西奧和爸爸握手道別，僵了一會兒，深怕爸爸做出擁抱他之類的恐怖動作，還好布恩先生說：「好好去玩。要打電話給你媽。」西奧鬆了一口氣，迅速跑上車。

不遠處有幾個女孩正在與媽媽道別，又是擁抱又是痛哭得沒完沒了，彷彿要上戰場、再也回不來似的。反觀男生這邊的遊覽車，這些堅強的小伙子動作僵硬，盡可能避免身體接觸，只想迅速離去。

升起的太陽漸漸照亮停車場。七點整，四輛遊覽車依序離開學校。今天是星期四，這個大日子終於來到，孩子們又吵又亂。西奧隔壁坐的是他的好友雀斯．惠普，人稱「瘋狂科學家」。爲了避免這些孩子在華盛頓特區的危險巷弄裡走失迷路，老師採行了「同伴系統」。接下來這四天，西奧和雀斯一路都會在一起，雀斯也會跟著西奧，而且每個人必須隨時知道另一個人在做什麼。西奧知道這個安排對他不利，因爲雀斯在斯托騰堡中學的校園裡就常迷路，要看住他可得花些力氣。他們將與伍迪．藍柏和艾倫．奈奎斯共用一個房間。

遊覽車在安靜的街道緩緩前進，男孩們興奮地嘰嘰喳喳。目前爲止還沒有誰揍人或摺掉誰的帽子。他們被威脅過不能搗蛋，而且蒙特老師盯得很緊。此時，西奧後方有人放了個響屁，車上開始屁聲連連，像是會傳染似的。都還沒離開斯托騰堡，西奧好希望自己其實是和愛波・芬摩一起坐在前面那輛遊覽車上。

蒙特老師打開一扇窗戶，場面才逐漸平靜下來。旅程開始三十分鐘後，男孩們不是沉沉睡去，就是已經打電動打到不知今夕是何夕。

第2章

西奧的房間在八樓，這家新開的飯店在康乃迪克大道上，位於白宮北方不到一公里處。他和雀斯、伍迪及艾倫從房間窗戶望去，能清楚看到拔高於整座城市之上的華盛頓紀念碑上半部。按照行程，他們星期六一早要登上紀念碑頂端，但現在，必須趕快下樓迅速吃完午餐，然後出門觀光。

華盛頓的景點很多，每個學生可以挑選自己想去的地方。但如果要一網打盡，得花上一整年的時間認眞參訪，所以蒙特老師和其他老師列了一張清單讓學生從中挑選。

愛波先說動了西奧去參觀福特劇院，就是亞伯拉罕·林肯被槍殺的地方，感覺滿有意思的。西奧說動雀斯一起去，所以吃完午餐後，他們到飯店大廳與教歷史的貝德考老師會合，總共有十八個學生。貝德考老師說他們不能坐遊覽車去，因爲這一團的人太少。不過，他們可以體驗一下華盛頓的地下運輸系統，也就是地鐵。老師問有誰搭過地鐵，西奧和另外三個學生舉起手。

離開飯店後，他們走在繁忙的人行道上。對於這些住在小城鎮的孩子來說，剛開始很不習慣大都市裡的聲響與活力，這麼多高樓大廈，這麼多車子密密麻麻地卡在車陣中，人行道上這麼多人行色匆匆地趕往某處。到了伍德利公園地鐵站，他們搭電扶梯往下，沒入街道下方。貝德考老師有儲值票卡供學生們在某些限制下搭乘地鐵。他們上的那班車只有半滿，而且乾淨又有效率。列車穿梭在暗黑的隧道中，愛波輕聲對西奧說這是她第一次搭地下鐵。西奧說爸媽帶他去紐約度假的時候搭過，不過紐約和華盛頓的地鐵大大不同。

他們上車之後才幾分鐘時間，就到了第三站，也就是地鐵中央站，該下車了。他們快快爬上樓梯，重回陽光下。貝德考先生先數人頭，一共十八個學生，然後繼續向前走了幾分鐘的路，他們來到第十街。

貝德考先生要大家停下腳步，指著對街一棟不容忽視的漂亮紅磚建築說：「那就是福特劇院，一八六五年四月十四日，林肯總統在這裡遭槍殺。你們花了很多時間做歷史作業，所以應該知道，當時內戰剛結束，具體來說是五天前，李將軍在維吉尼亞州的艾波瑪托克斯府向葛蘭將軍投降。華盛頓市裡一片歡騰，戰爭終於結束，林肯總統和夫人於是決定晚上去市區逛逛。福特劇院是全市最宏偉、最豪華的劇院，林肯夫婦經常來這裡聽音樂會或看戲。當時上演的是《美國表親》這齣戲，每晚兩千多個座位的票全數賣光。」

他們往前走了半個街廓又停下。貝德考先生繼續說：「雖然戰爭結束了，但很多人並不認同，其中有個南軍支持者叫做約翰．布斯，他是個有名的演員，一個月前甚至還在林肯總統二任就職典禮上與他合照。布斯先生對南方投降感到很難過，他很想做些什麼來協助南方的主張，結論就是要暗殺總統。劇院的工作人員認識布斯先生，因此他能接近林肯夫婦所坐的包廂。他對著總統後腦勺開了一槍，隨即跳上舞台，結果摔斷一條腿，然後從後門逃走。」

貝德考老師轉身對他們旁邊那棟建築點點頭說：「這是彼得森大宅，當時是個旅館。林肯總統被送來這裡，整晚由醫生診治。消息傳得很快，群眾開始聚集，還得出動聯邦軍隊將人群隔開。一八六五年四月十五日早晨，林肯總統在這裡去世。」

這堂課也上夠了，他們終於可以穿過這條街，進入福特劇院。

兩小時後，西奧已經聽膩了林肯槍殺事件。那當然很有意思，他很明白這段歷史的重要性，但是也該往前走了吧。這個博物館裡最酷的東西，就是舞台下面展示了布斯當時所使用的那把槍。

等他們回到第十街、準備走回地鐵中央站時，已經四點半了。路上交通更繁忙，人行道也更擁擠。車廂裡塞滿了要回家的通勤族，感覺車速變慢許多。列車在軌道上喀隆喀隆，西奧站在車廂中間的人群裡，雀斯和愛波也在附近。他發現四周乘客都一臉苦樣，不見一絲笑容，他們看起來都很疲憊。他不確定自己長大後會住在哪裡，但他覺得不會是在大都市。斯托騰堡似乎剛剛好，不會太大也不會太小。不會塞車，沒有人猛按喇叭，人行道也不擁擠。

他不想搭電車上下班。

坐在兩個女人之間的一個男人放低手中的報紙翻了一頁，他距離西奧不到三公尺。

那個人看起來異常眼熟。西奧深吸一口氣，設法從擁擠車廂中的兩個男人之間鑽過去，靠近一點就能清楚看到那人的臉。

他見過這張臉，不過是在哪兒呢？有些地方不一樣，可能是髮色比較深，也可能戴了眼鏡。西奧突然靈光一閃：是彼得．達菲。

彼得．達菲？斯托騰堡以及斯托騰郡有史以來最迫切緝捕的人。這個人被控殺害自己的妻子，在斯托騰堡受審，由亨利．甘崔法官負責開庭。西奧和其他同學還去旁聽那場審判，後來甘崔法官宣布審判無效，那人躲過有罪判決卻夜半潛逃，從此銷聲匿跡。

眼前這男人又放低報紙翻了一頁，視線掃過四周，西奧趕緊閃到一個通勤族的身後。審判結束後，他們兩人曾經狠狠瞪著對方。

達菲現在留了八字鬍，參雜了些許星白。他的臉孔再度隱沒在報紙後面。

西奧不知如何是好，整個人動彈不得。列車到站，更多通勤族湧進來。接著是督鵬圓環站，下一站就是伍德利公園了。看來達菲沒有要下車的樣子。他不像其他通勤族那樣帶著公事包、皮包或斜背包。西奧扭動身體穿越車廂，拉大自己與同學間的距離。雀斯像往常一樣沉浸在自己的世界裡，愛波則不見蹤影。西奧聽到貝德考老師說要準備下車了，他再往遠處移動些。

伍德利公園站到了，列車停下，車門滑開，又一堆通勤族衝進來，學生們則是七手八腳地下車。混亂之中，沒人注意到西奧還在車廂裡。門關上，列車再度啓程。西奧緊盯著仍躲在報紙後面的彼得．達菲，說不定那已經是他的習慣了。到了克里夫蘭公園站，更多乘客上了車。西奧傳了一封簡訊給雀斯，解釋他剛剛來不及下車，而且他沒事，會搭另一班車回伍德利公園站。雀斯立刻回電，但西奧把手機設定改成靜音。貝德考老師現在一定慌得很，幾分鐘之後再回電話吧。

西奧開始玩手機，假裝在傳簡訊或玩遊戲之類。他開啓錄影功能，往車廂裡掃攝，就好像時下那些無聊的十三歲青少年用手機做出不禮貌的舉動。四、五公尺外的彼得．達菲安穩地藏在他的報紙後面。西奧等了又等，終於在列車接近檀立鎮站時，達菲放下報紙並摺起來。

他把報紙夾在腋下，西奧錄到約五秒的畫面，甚至還把鏡頭拉近。達菲望向他這邊，西奧對著手機咯咯笑，假裝他玩遊戲得分了。

達菲在檀立鎮站下車，西奧也跟著下車。達菲走得很快，彷彿深怕被跟蹤。幾分鐘後，他消失在人群之中。西奧打電話給雀斯，說他正在等下一班車，應該在十五分鐘內會到。

第3章

貝德考老師在伍德利公園站等著，他很不高興。西奧一直道歉，藉口說他被人潮堵住，就是來不及下車。西奧不喜歡被迫說謊，欺騙是不對的，他一向盡可能坦白，但有時候身不由己，爲了某種正當理由還是得撒謊。在地鐵裡他很快下了決定：鎖定彼得．達菲的行蹤，比他應該在何時、何處下車來得重要。如果和同學一起走、讓達菲離開視線，就會白白錯失抓住他的機會。現在，如果他對貝德考老師坦承他是故意留在列車上，那麼所有倒楣事都會發生。他不能坦白說出彼得．達菲的事，無論如何現在就是不行，因爲他還不知道要怎麼處理這件事。他得花時間自己好好想一想。

他必須和艾克伯父談一談。

不過現在西奧必須先道歉，再加上對方還是個容易緊張的老師。回到飯店後，貝德考老師押著西奧走向蒙特老師，把這名學生的犯行從頭到尾數落一遍。貝德考老師一離開，西奧就喃喃自語：「那傢伙該放鬆一下。」

蒙特老師信任西奧，也知道若有哪個小孩能在這個大都市裡存活下來，那就是西奧．布恩了。他贊同西奧的意見並說：「不可以再這樣了，知道嗎？要留意自己在哪裡。」

「是。」西奧說，他心想，要是你知道實情就好了。

晚上在飯店舞廳裡吃披薩大餐。不指定座位，想坐哪就坐哪，結果就是典型的男生坐一邊、女生坐另一邊。西奧小口咬著餅皮，啜飲瓶子裡的水，不過他的心思不在披薩上。他確定自己看到的就是彼得．達菲，甚至記得那個人進出法庭時走路的樣子，一樣的走路方式，一樣的身高和體型，一樣的眼睛、鼻子、前額和下巴。西奧把自己鎖在浴室裡，看了好幾遍他錄下來的影像。

西奧找到彼得．達菲了！他仍不敢相信，而且還是不知道該怎麼辦，但興奮之中差點忘記一件重要的事。自從達菲溜出城之後，警方懸賞十萬美元給任何提供線索、協助將他逮捕定罪的人。晚餐前西奧在房間裡上網，並確認有這筆賞金。斯托騰堡警方網站有好幾頁達菲案的介紹，上面還有好幾張他的臉部特寫。

用餐時嚴禁使用手機，一旦讓任何大人發現就會立刻被沒收。披薩大餐吃到一半，西奧告訴蒙特老師說他要去走廊盡頭的廁所。一進去，西奧就把自己鎖在隔間裡，打電話給艾克。

「你不是在華盛頓嗎？」艾克說。

「我是啊，艾克。我在地鐵上看到彼得．達菲！真的是他。」

「我以爲他跑去柬埔寨還是哪裡了。」

「現在沒有。他就在華盛頓這裡。我把他錄下來了，現在就傳給你！你先看一下，等一會兒我再打給你。」

「你是說眞的吧？」艾克說，聲音突然尖銳起來。

「千眞萬確。先拜囉。」西奧迅速把影片傳給艾克，然後離開廁所，趕快回去大廳。

晚餐後天色已暗，八年級生全員坐上四輛遊覽車，前往林肯紀念堂。他們在林肯那尊瞪著眼睛的嚴肅坐姿雕像附近打轉，西奧攀附在雕像椅子側邊想著，這傢伙到底有沒有笑過啊？周遭燈光在林肯臉上製造出更多陰影，西奧覺得這很棒。顯然是林肯粉絲的貝德考老師由一位公園管理員協助，在五十八階的階梯下方架了一個大螢幕，學生們聚在一起聽他短講。他們安靜聽著貝德考老師再次講述林肯的生平重要事蹟，儘管在課堂上已經帶過，現在坐在紀念堂的階梯下聆聽，感覺更有意義。講解的時候，很能吸睛的貝德考老師放了幾張林肯的照片，將他的生平娓娓道來。

雖然學生坐在大理石階梯上，沒有人扭來扭去，也沒有人竊竊私語。他們都興致高昂地聽進演講內容。西奧的眼光看向一旁，凝視著他們正前方「倒映池」的極致美景。池子後面約一公里半的地方就是高聳的華盛頓紀念碑，在光束照耀之下完美無暇。再過去約一公里半則是美國國會大廈，圓頂在夜間放射出瑰麗的光芒。西奧轉過身，看見林肯總統俯視著他們。

西奧知道，這一刻他永遠不會忘記。

講解完畢，他們爲貝德考老師熱烈鼓掌。下一位是廣受歡迎的葛林伍老師，她是非洲裔美國人，負責女生組的英文教學。一開場，她就請學生往下看華盛頓紀念碑，想像一下這個廣場聚集了二十五萬人的盛況。時間是一九六三年八月二十八日，全美各地的黑人到華盛頓集會遊行，要求公平與正義。帶頭的是一位來自亞特蘭大的浸信會年輕牧師，馬丁·路德·金恩博士。

她一邊說明，一邊在螢幕上播放照片，有群眾聚集、遊行和舉著標語的畫面。她解釋，就在終結奴隸制度的總統欣慰的注視之下，金恩博士在這裡的臨時演講台發表美國史上最著名的演講，她接著播放了那次演講的黑白錄影畫面：金恩博士和他的夢想。

西奧以前看過也聽過這段演講，不過此時此刻比之前更感動。金恩博士的話語在夜裡迴盪，西奧往下看著國家廣場，試著想像當天有上千人聚集，聆聽這永垂不朽的字句。

葛林伍老師的課程結束，他們也爲她鼓掌。蒙特先生宣布接下來沒有課了，學生們可以在倒映池附近閒逛約一小時。西奧在公園裡找了一張長椅坐下，發簡訊給艾克：看過影片了嗎？你覺得呢？

很明顯艾克在等他：我認為這是達菲沒錯。我們談談。

好。等一下。

後來在飯店裡，趁著三個室友一面看電視、一面等待蒙特先生下熄燈令的空檔，西奧走進浴室、鎖上門，坐在馬桶上打電話，艾克好像又是拿著電話在等他。他問：「你跟別人說了嗎？」

「當然沒有，」西奧說：「只跟你說而已。接下來怎麼辦？」

「我想過了，有個計畫。我搭早班飛機去華盛頓，大約中午抵達機場。我要去搭他今天下午搭過的那班地鐵，盡可能緊跟著他。我需要你提供時間、站名以及哪條地鐵線。」

西奧已經寫下也背下來了。「紅線，我們是在地鐵中央站上車，我確定他那時就已經在列車上。」

「有幾節車廂？」

「呃，我猜，大概有七、八節。」

「在幾號車廂？」

「不知道，不過是在中間。」

「那時候是幾點？」

「四點半到五點之間。他搭紅線，在檀立鎮站下車。我跟丟之前，大概走了三條街。我不想離車站太遠，你也知道，那裡不是我的地盤。」

「好，這樣就可以了。明天我就到。我想你應該整天都有行程吧。」

「整個白天和晚上。我們明天要去史密森尼博物館。」

「那你好好玩吧。明天晚上我會發簡訊給你。」

有個大人加入，讓西奧鬆了口氣，即使這個大人是艾克伯父。不過呢，他有點擔心這個老傢伙露面。艾克六十幾歲，但外表沒那麼成熟。他將灰色長髮綁成馬尾，蓄著亂糟糟的花白鬍子，身上穿的通常是怪咖T恤配上破舊牛仔褲，戴著古怪的眼鏡，踩著涼鞋，冷天也不例外。總之，艾克．布恩非但不低調，還十分引人注目；雖然他不愛與人打交道，但全城都知道這號人物；如果彼得．達菲以前見過艾克，他很有可能想起這個人是誰。艾克當然要喬裝打扮一番。

其他三人早就熟睡了，西奧還在黑暗中瞪著天花板，想著彼得．達菲犯下的謀殺案。一方面，西奧對於捲入這場追捕行動感到很興奮；但另一方面，這其中的涵義又令他十分害怕。彼得．達菲有一些很危險的朋友仍在斯托騰堡一帶活躍。

如果那真的是彼得．達菲，如果真的抓到他、送他回去再審，西奧不希望自己的名字被公開。

艾克呢？他不會在乎的。艾克在牢裡熬過三年，他什麼都不怕。

第4章

星期五早上九點，來自斯托騰堡的四輛遊覽車開到史密森尼博物館的東側門停靠，所有八年級生傾巢而出。史密森尼是世界上最大的博物館，就算在裡面待一整個星期也無法看完所有東西。規畫這一天行程時，蒙特先生就對班上解釋過，史密森尼實際上是由十九個不同的博物館和一座動物園組成，還有各式收藏和畫廊。十九個博物館裡有十一個就位在國家廣場，收藏的物件達一億三千八百萬之多，你能想到的什麼都有，被喻爲「國家的閣樓」。每年參觀人次高達三千萬。

學生們分成好幾組。西奧和大約四十個同學前往國家太空博物館，他們在那裡參觀了兩個小時，接著又重新分組，前往美國歷史博物館。

兩點半，西奧收到艾克的簡訊說：到市區了，現在要去地下鐵看看。西奧厭倦了博物館，眞希望自己可以溜去和艾克一起當偵探。到了下午五點，他覺得大概已經看了一億個展示品，眞的需要休息一下。他們上了遊覽車，回旅館吃晚餐。

六點四十五分，西奧在房間看電視兼休息，又收到艾克的簡訊：我在大廳。你可以下來一下嗎？

西奧回覆：當然可以。他告訴雀斯、伍迪和艾倫，說他伯父來飯店要和他打個招呼。幾分鐘之後，他穿越整個大廳，卻找不到艾克。最後，咖啡吧台邊有個男人對他揮手，西奧才明白那就是他伯父。深色西裝、咖啡色皮鞋、白色襯衫但沒打領帶，頭上戴著軟呢小帽蓋住大部分白頭髮，長髮部分則塞在領子裡。西奧自己是絕對認不出他來的。

艾克小口喝著咖啡，微笑看著他最疼愛的姪子。「偉大的華盛頓之旅怎麼樣啊？」他問。

西奧好像累翻似的重重嘆了一口氣。他滔滔不絕地描述今天在史密森尼的冒險，說：「今晚我們要去新聞博物館看一部紀錄片，明天是華盛頓紀念碑，然後是戰爭紀念碑。星期日我們要去國會大廈、白宮，還有傑佛遜紀念堂，我想星期一就該準備回家了。」

「不過，很好玩對吧？」

「當然啦，超好玩。福特劇院很酷。林肯紀念堂也是。你看到彼得．達菲了嗎？」

「你們會去越戰退伍軍人紀念碑嗎？」

「會啊，行程上有。」

「好，你到那裡時去找找一個名字，喬．芬尼斯。我們一起長大、一起讀完高中。他是斯托騰郡第一個在越戰陣亡的男孩，一九六五那一年。還有其他四人，他們的名字被刻在我們法院外面的紀念碑上，你或許看過。」

「我看過。每次都會看到。我們在歷史課中也讀到那場戰爭，說眞的，我不明白。」

「嗯，我們也不明白。那是全國的悲劇。」艾克啜了一口咖啡，彷彿凝望著遠方，出神了一陣子。

「你看到彼得．達菲了嗎？」西奧問。

「喔，看到了。」艾克回神環顧四周，就怕有人在竊聽似的。沒有人坐在離他們十公尺的範圍內。西奧望向寬敞的大廳，遠遠地看到蒙特老師經過。

艾克繼續說：「我守在司法廣場站，就是你們昨天上車的地鐵中央站前兩站，我沒有看到眼熟的人。列車在四點四十五分到站，有八節車廂。我走進第三節，盡快掃視一遍仍沒看到。在地鐵中央站，我走到第四節車廂，也沒有。在法瑞格特北站，我進入第五節車廂，結果找到了。就像你說的，車上很擠，我慢慢靠近那個我們認爲是彼得．達菲的男人。他藏在報紙後面，但我可以看到他的側臉。他完全不抬頭也不看兩旁，就埋首在自己的世界裡。我向後退，躲進人群裡。接近檀立鎭站時，他摺好報紙起身。列車一停，他就下車。我尾隨他到四十四街的一棟小公寓。他閃到裡面去，我想那就是他藏身的地方。」

「爲什麼他要躲在華盛頓？爲什麼不去墨西哥或澳洲？」

「因爲大家都認爲他會去那些地方啊。躲在一眼就看盡的地方反而不會被發現。」

「我看過一部電影，有個傢伙爲了躲ＦＢＩ，於是做了一堆整形手術來變臉。你覺得達菲整容了嗎？」

「不，但是他肯定染了頭髮，還留鬍子。他戴著眼鏡，不過那是假的。我看他讀報的時候往鏡框外看。」

「爲什麼他會在這裡？」

「不知道，不過他可能在等一套全新證件，有駕照、出生證明、社會安全卡、護照。華盛頓這裡有很多僞造證件的人，見不得光的這幫人能做出各種看起來合法的證件。通緝犯想離開這個國家可不容易，沒有適當文件要進入另一個國家更難。還有，也許他在守著他的錢。也許他在這裡有一、兩個朋友能幫他計畫逃亡。我不知道，西奧，但是我猜他不會在這裡停留很久。」

「好，艾克伯伯，你是大人。接下來該怎麼辦？」

「嗯，我們必須快點行動。我的班機明天中午才起飛，所以我計畫明天要早起，再去坐那班車。我想在檀立鎭站堵到他、跟著他上車，搞清楚他白天都在做什麼。我會很小心，因爲要是他起了疑心就會再度失蹤。然後我會搭上飛機，明天晚上回到斯托騰堡。你聽過一個叫做『模糊臉』的軟體嗎？」

「沒有。那是什麼？」

「下載那個程式大概要花一百美元，它會用照片上的臉孔幫你比對，辨識你要找的人。我會去弄一張彼得．達菲的舊照，可能就從報紙檔案裡選一張，拿來和你的錄影截圖比對。如果比對成功，下一步就是通知警察。每個星期四晚上，我都會和一位退休警探玩撲克牌，他叫做史萊茲．斯德曼，這個老傢伙和警察總長交情很深。我想對史萊茲透露消息，問問他的建議。我猜警察很快就會有動作的。幸運的話，沒幾天就能拘禁達菲，將他送回斯托騰堡再次受審。」

「這次審判會很轟動吧？」

「跟之前一樣，不過這次達菲還會被控逃亡。他插翅難飛，而你是英雄，西奧。」

「艾克，我不想當英雄。我一直想到歐馬．奇普和帕可，還有那些為彼得．達菲工作的彪形大漢。我想他們一定還在。我不想我的名字被提及。」

「我想，要保密一定沒問題。」

「還有，如果又有審判，那表示巴比．艾斯科巴又要出庭作證。」

「那是當然囉。他是關鍵目擊證人。他還在城裡吧？」

「我想是吧，不過……我最後一次和胡立歐說話的時候，他們住在同一棟公寓，還在等移民文件。」

「巴比還在高爾夫球場工作嗎？」

「我想是吧。艾克，這一點我很擔心。」

「西奧，警方一定會對巴比．艾斯科巴很小心的。如果沒有他，檢方這邊就會很弱，警察會保護他的。我們不能容許惡棍來影響我們的司法系統。加油，你是個律師啊！你知道公平審判有多重要吧。甘崔法官會主持一切，要是讓他知道證人遭受一丁點兒威脅，他絕對會嚴格教訓達菲和他那幫人的。該是出擊的時候了。」

看到艾克這麼急切要抓到達菲，而且護衛公平審判這個主張，西奧懷疑和那筆十萬美元的懸賞獎金有關。

西奧說：「我該走了。明天小心喔。」

「我不會被識破的，西奧。你都不認得我了，不是嗎？」

「是啊，你這身變裝看起來還眞不錯，幾乎像個律師了。」

「噢，謝啦。明天我會換一種裝扮，回到本來的樣子。」

「艾克，謝謝你來。」

「就算天塌下來我也不會錯過。出獄之後我還沒有這麼興奮過！」

「那再見囉。」

「你自己保重，要好好玩喔。還有，西奧，做得好。」

西奧搭著電梯回房間時，他自問這件事是否做對。把一個殺人嫌犯送上法庭接受審判聽起來很棒，但可能要付出代價。他想打電話告訴爸媽，可是這通電話只會讓他們擔心而已。

他來華盛頓應該像個觀光客好好玩樂，而不是扮演偵探去跟蹤一個殺人凶手。

他信任伯父。艾克向來知道該怎麼做。

星期六一早，西奧和他的室友及其他四十個學生在國家廣場附近下遊覽車，往華盛頓紀念碑前進。他們一邊走，蒙特老師一邊開始隨行導覽。他解釋這座蓋來表揚第一任總統的紀念碑是個完美的方尖石碑，由大理石和花崗岩構成，高約一百七十公尺，目前仍是世界上最高的石碑。它於一八八四年峻工，當時是全世界最高的建築，直到一八八九年才由巴黎的艾菲爾鐵塔取代。一八四八年動工，花了六年時間才完成約五十公尺。接下來因爲種種原因，包括經費短缺及內戰爆發，興建工程中斷了二十三年。

西奧不知道其他學生覺得怎樣，但馬不停蹄地連上兩天歷史課，他已經開始搞混日期和數字了。

大家在紀念碑底下集合，排隊等了將近一小時才進入一樓大廳。一位和藹的公園管理員引導他們進入電梯並將門鎖上。七十秒之後，他們從電梯出來，走到一個離地面約一百五十公尺的觀景平台。這裡的景色令人屏息，西邊是倒映池和林肯紀念堂，北邊是橢圓形廣場和白宮，東邊是壯觀的國會大廈，南邊是史密森尼博物館和成排的政府機關建築。觀景平台下方又是一個塞滿歷史文物的博物館。

過了漫長的兩小時，學生們準備轉移陣地。他們搭電梯往下並離開大廳。

十一點四十六分，西奧收到艾克的簡訊：沒看到達菲。一定是星期六作息不同。我在機場，要回去了，那裡見。

第5章

星期一下午，布恩太太去學校接西奧回家，在開車回家的十分鐘路上，她想知道這趟華盛頓之旅的所有細節。西奧很累——星期日晚上睡得很少，因為伍迪和艾倫在玩一個很白痴的遊戲，看誰可以醒著撐到天亮，而他在遊覽車上也沒睡，因為很多人在打來打去、大聲聽音樂和笑鬧等，當然，還有人放屁——所以他的話很少，他答應媽媽在補眠後會做完整的報告。回到家，媽媽為他做了烤起司三明治，問他最後一次洗澡是何時，西奧回想應該是星期五或六，於是媽媽叫他吃完午餐馬上去洗澡。西奧淋浴時，媽媽就回去事務所。

雖然累得要命，西奧並沒有睡午覺，他有個地方得去。畢竟，每個星期一下午他都要去找艾克。他並非每次都迫不及待去拜訪，但今天不同，他們有要事商談。

艾克已經在「模糊臉」上試過幾張彼得．達菲的照片，西奧急著想知道結果。

艾克又回到老樣子，沒有深色西裝、白襯衫和領帶，也不穿閃亮的皮鞋。他穿著平常辦公的標準服裝，就是褪色牛仔褲、褪色T恤加涼鞋。西奧和狗狗法官爬上樓梯到他亂糟糟的辦公室，巴布．迪倫的輕柔歌聲從音響裡傳出來。艾克很興奮，他花了十五分鐘用筆電讓西奧看看彼得·達菲的各種照片。「模糊臉」軟體分析出艾克找到的達菲舊照中臉孔的每一吋，再與西奧那段錄影的停格畫面做比較。結果是，相似度百分之八十五。

西奧和艾克這下子深信不疑了。

「接下來怎麼辦？」西奧問。

「你跟你爸媽說了嗎？」

「沒有，但我們應該說。我不喜歡隱瞞他們，尤其是這種大事。如果他們知道我們已經做的事，可能會很生氣。」

「好，我同意。你想什麼時候說呢？」

「那就現在好嗎？他們都在事務所。今天星期一，我們照舊會去羅畢里歐餐廳吃晚餐。我們半小時後和他們碰面。你可以跟我一起去嗎？」

這問題很難回答，因爲艾克向來避開布恩&布恩法律事務所。其實他在那裡工作過，多年前他和西奧的爸爸在那棟樓共同創立第一間布恩事務所，後來發生不好的事，艾克惹了麻煩，在不愉快的情況下離開公司，他被吊銷律師執照、進了監獄，現在他避免與這個老東家有任何往來。不過多虧了西奧，艾克和伍茲的關係已經改善許多。達菲案首度開庭期間，某晚甘崔法官造訪事務所，與布恩全家討論要事，艾克當時也現身了。

爲了姪子，艾克幾乎什麼都願意。「當然。」他說：「一起去吧。」

「太棒了！我們在那裡碰頭。」西奧和法官匆匆離去。在大城市待了四天，西奧超開心能騎上他的腳踏車在斯托騰堡的街上飛馳。這是他的街道，每一條小巷和捷徑他都一清二楚。他實在無法想像，在路上塞滿車、人行道上人擠人的大城市裡，身為小孩要怎麼過日子。

西奧繞了遠路回事務所，拖到五點半，正是艾莎．米勒清理桌面、鎖好前門並且準備下班的時間。艾莎是事務所的接待員兼頭號祕書，也是布恩一家生活中非常重要的人。對西奧來說，她就像奶奶一樣，看見西奧一定會生氣蓬勃地抱住他，要是知道她已經七十歲，你會更驚訝她的活力，而且她會問他一大堆華盛頓之旅的事情，只是西奧這個時候沒那個心情，所以他在大樓周圍繞圈圈，法官跟在他後面。他躲在街上一棵樹後面，那是他最喜歡躲的地方，直到艾莎的車子離去。他從後門進入後，就直接到媽媽的辦公室。媽媽一如往常在講電話，法官去艾莎桌邊的狗床墊上窩著，事務所裡總共有三張這樣的狗床墊，西奧上樓去看看爸爸。

伍茲．布恩正在抽菸斗、看文件。他的桌子堆著一疊疊文件和檔案，其中很多是幾個月甚至好幾年都沒動過的。他看見西奧就說：「哎喲喲，旅行怎麼樣呀？」

「很好玩，爸，吃晚餐時再全說給你聽。現在我們得先談一件很重要的事。」

「你做了什麼？」布恩先生突然皺起眉頭問。

「沒有，爸，沒有真的怎樣啦。不過，艾克在往這邊的路上了，我們需要開個家庭會議。」

「艾克？家庭會議？爲什麼我緊張起來了？」

「我們可以找媽媽在會議室裡談一談嗎？」

「當然可以。」布恩先生放下菸斗起身，跟著西奧下樓。艾克在前門敲門，西奧打開門鎖。布恩太太從辦公室探出頭問：「怎麼回事？」

「我們得談談。」西奧說。布恩太太很快地擁抱艾克一下，是那種不是很願意卻必須有所表示的禮節。她滿臉好奇地看向丈夫，好像在說：「他又做了什麼？」

他們在會議室裡坐定，西奧開始交代事情的來龍去脈：上星期四在華盛頓，離開福特劇院之後搭乘的擁擠地鐵，看起來很像彼得．達菲的那個人，還有西奧偷錄的影片，他打電話給艾克，艾克去華盛頓一日遊，第二次看到達菲時還跟蹤他到破舊的公寓，「模糊臉」軟體以及照片比對，最重要的是，他們相信那人就是彼得．達菲。

布恩先生和布恩太太啞口無言。

艾克帶了他的筆電，西奧只花幾秒鐘就將它連上會議桌另一端的牆面大螢幕。「就是這個。」西奧說著，以慢速播放。他將畫面暫停並說：「這個鏡頭是拍得最好的。」即那個男人埋首看報的左邊側臉。

艾克敲了鍵盤幾下，畫面一分爲二，剛剛的那張與達菲在報紙上的舊照。兩者並列，兩人看起來頗爲相像。

布恩太太終於開口：「嗯，我想這看起來像是同一個人。」

布恩先生向來比較多疑。「我不敢確定。」

「噢，就是他啦。」艾克毫不遲疑。

「他連走路都像達菲。」西奧補充。

「你是什麼時候看到達菲先生走路的？」他爸爸問。

「審判的那一陣子。開庭第一天，我們就走在他和他的律師身後，我記得很清楚。」

「你又在看間諜小說了嗎？」布恩太太問。她和布恩先生仍然盯著螢幕上的畫面。西奧沒有回答。

「你打算怎麼辦？」布恩先生問艾克。

「我們必須去找警察，讓他們看看這支影片與影像，把我們所知道的都告訴他們。到時候就看他們怎麼辦了。」

四個人沉思了一會兒，艾克繼續說：「不過，這當然可能製造另一個問題。我們的警察部門是很不錯，但彼得．達菲交友廣泛，風聲可能會走漏，流言竄來竄去，只要一通電話，達菲就會消失在空氣中。」

「你是說達菲可能有內線在警局？」布恩太太挑起眉毛質疑。

「要是有，我也不驚訝。」艾克回答。

「我也是。」布恩先生附和。

西奧對這個看法很震驚。如果警察不可靠，那麼誰才可靠？

四個人盯著螢幕想像這種情況，又是一陣長長的沉默。「你怎麼想呢，艾克？」布恩太太終於發問。

「他是個逃犯，目前是聯邦調查局（ＦＢＩ）十大要犯名單上的第七名，不是嗎？那我們就去找ＦＢＩ，不要讓斯托騰堡警局知道。」

「不管我們怎麼做，都不能讓西奧捲進去。」布恩先生說。

這一點西奧完全同意。陷入達菲案愈深，他就愈擔憂。不過要是能和ＦＢＩ合作，想想還真令人興奮。

「這是當然，」艾克說：「但我猜他們會想和西奧見面談談，還原他所看到的景況。我們可以祕密進行。」

「那你覺得我們什麼時候和ＦＢＩ見面呢？」布恩先生問。

「愈快愈好。明天一早我會打電話給他們，安排會面。我建議就在這裡見面，如果你們不反對的話。」

「我猜明天不用上學囉？」西奧說。

「你得去，」媽媽嚴厲地說：「星期四、五和今天都沒去學校，明天絕對不能缺課。如果要會面，就安排在放學後。可以嗎，艾克？」

「當然。」

他們邀艾克一起去星期一晚上固定光顧的羅畢里歐餐廳，不過他說他得回去辦公室而婉拒。西奧鬆了一口氣，因爲如果與艾克一起用餐，就表示話題會圍繞著達菲案，而西奧此時已經受夠這個話題。

他在事務所裡又晃了約半小時，才和法官一起回家。七點整，布恩一家人在那間餐廳裡他們最喜歡的位子就坐，點了上星期與上上星期都點過的菜色。等待上菜的時候，西奧開始回顧這趟華盛頓之旅，他的父母一如往常穿插一些關於博物館、紀念碑、飯店及其他小孩的問題。大家守規矩嗎？有沒有發生什麼狀況？他最喜歡的景點是哪一個？諸如此類。西奧提供他所能記得的所有細節，略過男孩們在遊覽車上的某些行爲。他緊緊抓住爸媽的注意力，細細描述福特劇院以及戲劇般的林肯總統遇刺記。西奧在越戰退伍軍人紀念碑上找到喬．芬尼斯的名字，那是艾克從小就認識的朋友，也是全郡第一個戰死沙場的士兵。他喜歡華盛頓紀念碑、太空博物館及其他戰爭紀念碑，但史密森尼博物館的絕大部分都不吸引他。

布恩太太問西奧是否會想再去華盛頓一星期，看看其他景點，她和布恩先生討論過暑假去那裡度假。西奧還不確定，此時此刻，他已經看夠了。

他早早上床，睡了九個小時。

第6章

星期二一早，西奧在學校時，艾克聯絡了北切斯特的ＦＢＩ辦公室，那地方離斯托騰堡約一小時車程。打了一通電話之後，第二通、第三通也跟著來，事態緊急度節節升高。西奧父母接到電話，安排好會面事宜。

西奧和愛波．芬摩一起吃午餐，校長葛萊德威爾女士突然冒出來悄聲說：「西奧，你媽媽剛才打電話來。你可以早退了，她要你盡快到她的辦公室。」

西奧大概清楚是怎麼回事，但他沒對愛波說什麼。他去拿背包，到接待櫃檯向葛洛莉雅小姐登記出校，接著跳上腳踏車，幾分鐘後抵達布恩&布恩事務所後方空地。

大家正在等著，包括他爸媽、艾克及兩位ＦＢＩ探員。白皮膚的那位叫做阿克曼，他比較年長，深色頭髮裡參雜著白髮，他一見到西奧便皺著眉頭，之後也未曾改變。黑皮膚那位叫做史賴德，他瘦得像根竹竿，有一口完美無瑕的牙齒。大家免不了緊張地寒暄一番才進入正題。西奧說了整件事，艾克播放錄影畫面，也秀出達菲照片的比對。接下來西奧回答探員的提問，他爸媽坐在他旁邊保持沉默，但隨時準備在必要時保護他。阿克曼問是否可以複製一份錄影畫面，布恩太太說當然可以。經過半個小時的討論，史賴德走出會議室打電話給他的上司。

艾莎拿了一些三明治進來時，嚴肅地看了西奧一眼，好像是在問：「你到底又闖了什麼禍啊？」西奧試著不理她。大家享用的時候，兩名探員禮貌地對西奧反覆詢問同樣的問題，鎖定幾個細節勤奮地做筆記，包括時間、地鐵站名、幾節車廂、「目標疑犯」的確切位置；他們不稱他為彼得．達菲，總是說「目標疑犯」。過了一小時，他們再看了一次錄影畫面，談了一陣子，等待北切斯特FBI辦公室的消息。布恩太太離開座位去打幾個電話，她回來之後，布恩先生上樓處理一些緊急事項。兩位探員一度背對其他人同時在講電話，幾乎是用氣音描述重要細節。如果其中一人沒在線上，另一人就在通話中。隨著時間流逝，他們愈來愈興奮。就西奧看來，他們似乎成功引起更多FBI高層的注意。

下午兩點左右，史賴德結束通話，將手機放在桌上說：「好了，現在的計畫是這樣：錄影和照片已經傳給我們在華盛頓的辦公室，我們的專家目前正在處理，根據初步分析的結果，這個人就是彼得．達菲的機率高達百分之八十。好幾名探員今天下午會在地鐵上展開行動，也會有人埋伏在四十四街那棟公寓。逮捕令已經發布，所以文件程序已經完備。我們的人一看到他就會把他抓起來、搜身、搜公寓，幸運的話，我們就逮到人了。」

阿克曼說：「現在我們得回辦公室了，但會和你們保持聯絡。」

史賴德看著西奧說：「西奧，我代表FBI感謝你所做的事。你能夠認出他，眼光眞是銳利。」

阿克曼轉向艾克說：「還有布恩先生。謝謝你的參與。」

艾克對他揮揮手，彷彿這沒什麼大不了，只是個普通的上班日。

探員們離開後，布恩太太看著手錶說：「唉，我猜現在回學校已經太晚了。」

「當然啊。」西奧敲邊鼓說：「我想我得在這裡等FBI的消息。他們可能還需要我。」

「這我很懷疑。」布恩先生說，瞥了手錶一眼。該回去工作了。

爸媽離開會議室之後，西奧笑著對艾克說：「當FBI探員很酷耶，對不對，艾克？」

艾克哼了一聲表示不同意。「西奧，你聽我說，差不多在你出生的時候我惹上了麻煩，FBI來敲我的門，那可不好受。要是站在這些人的另一邊，恐怕很難成爲他們的粉絲。他們很優秀，他們自己也明白，但他們並非永遠是對的。」

艾克惹的麻煩是家族最深沉的祕密。西奧身爲愛問東問西的孩子，早已試過從他父母那裡套話，卻什麼也問不出來。現在艾克自己先開了話匣子，西奧很想一路追問。不過他忍住話頭，一個字也沒說。

艾克說：「西奧，你想想看，現在世界第一流專家正在分析你錄的影像，很酷對吧？」

「超酷的。艾克，我們還沒談過這件事，你想過那筆賞金嗎？他們懸賞十萬美元給提供線索、協助他們逮捕並將達菲定罪的人。你應該知道吧？」

「我當然知道啊，每個人都知道。沒錯，我是想過那筆錢。如果你得到那筆錢，會拿來做什麼？」

「嗯，我覺得你也該分一些，那我們兩個平分如何？」

「還早得很呢，西奧。首先他們必須抓得到他，接著還有開庭審訊那回事。達菲請了很好的律師，他們會提出強而有力的抗辯，就和上次一樣。你也看過那次審判過程，很清楚甘崔法官宣布審判無效時，檢方幾乎快輸了。要定罪並不容易。」

「我知道。那次審判我也在場，但那是在巴比．艾斯科巴出現之前。他是目擊證人耶，艾克。他看到彼得．達菲溜進自己家裡，還正好是他太太遭到殺害的時間，而且還找到達菲勒死太太時所戴的高爾夫手套。」

「沒錯。我們就等著他被定罪，再來談賞金。」

「好。那如果有了五萬美元，你會拿來做什麼？」

「西奧！」

四點三十分，西奧坐在他辦公室裡的書桌旁，狗狗窩在腳邊，他一邊在作業本上塗塗寫寫，一邊盯著牆上雙城隊的時鐘。他閉上眼睛，想像那班擁擠的地鐵列車在司法廣場站停下。

幾個喬裝過的FBI探員在列車上密切注意並等待著。列車門開了，一群通勤族蜂擁而入，其中一個是彼得．達菲，一位探員立刻認出他，在小耳麥裡輕聲說：「發現目標疑犯，第四節車廂，中間後半。」達菲在看報紙，渾然不知逃亡的日子即將結束，渾然不知自己將遭逮捕並押送回斯托騰堡。在地鐵中央站，更多探員湧上車，有些甚至擠到達菲身旁，觸手可及，不過他們還是等待著。他們很有耐心、很專業，對著耳麥悄聲說話、用手機傳簡訊，彷彿每天都搭這班列車。不一會兒，檀立鎮站到了。達菲將報紙摺好夾在腋下並站起來，列車停妥後，車門咻地打開，他和其他人一樣步上月台。車站裡還有更多探員在等候，他們尾隨達菲，穿越華盛頓西北區綠意盎然的安靜街道，緊盯著他的每一步。達菲轉進四十四街，幾個身穿黑色風衣的配槍男子迎面而來，其中一個說：「我們是FBI，達菲先生，你被逮捕了。」達菲會不會昏倒呢？還是會鬆了一口氣，因爲終於可以不用再逃亡了？也許不會。西奧認爲，達菲寧可繼續他的逃亡生涯。他們給他上了手銬，押上一輛沒有標誌的廂型車。他從頭到尾都沒有開口，到了監獄才打電話給律師。

五點鐘，西奧盯著他書桌上的電話。他打給艾克，可是沒有進一步消息，只說要他放輕鬆，他們會抓到達菲的，但或許不是今天，也不是明天。總之要耐著性子等。

「你是認眞的嗎，艾克？」西奧自言自語。有幾個十三歲小孩知道「耐性」這回事？

天色暗了，FBI連一通電話也沒有，布恩一家從他們的辦公室走過三條街，前往高地街的庇護中心，他們每週都來這裡當義工。先是進廚房，穿上圍裙幫忙舀湯、分送三明治，總是伴隨著笑容與溫暖的問候。大多是熟悉的面孔，這些人不是住在這裡就是每週都來，西奧甚至知道其中幾個孩子的名字。庇護所提供短期住宿給大約四十個無家可歸的人，其中包括幾個家庭。庇護所每天還供應約一百個人的午餐與晚餐。每個人拿到食物之後，布恩一家人會站在用餐室的角落迅速吃點東西，有蔬菜湯配玉米麵包，外加一塊椰子餅乾當甜點。這不是西奧最喜歡的一餐，但也不是最糟的。每次在庇護所吃東西，他會觀察這些人的面孔，有些人一臉茫然，好像不知道自己身在何處，不過大部分都很開心能吃到熱食。

布恩太太和其他幾位當地的女律師在庇護所設立免費法律諮詢中心，幫助女性和她們的家庭。吃過晚餐後，她會在一個小房間接見客戶。西奧到遊戲區協助孩子們寫功課。布恩先生在長形餐桌的一端開張工作，他幫忙被趕出公寓而無家可歸的人審視文件。

八點二十分，西奧收到艾克的簡訊：打電話給我。他走到外面，按下速撥鍵。

「我剛剛和FBI通話。」艾克說：「史賴德探員打電話跟我說目前進展。一切照計畫進行，他說他們差不多出動了十幾名探員，不過沒看到達菲。什麼都沒有。他們監視那棟公寓三個小時，還是沒看到他。他們不能進去搜索，除非能將他拘提到案。」

「所以，這意思是？」

「其實我也不清楚。達菲這傢伙很聰明，藏身處可能不只一個。也許他看到可疑的人，有人可能盯著他看太久了。誰知道是怎樣？」

「接下來的計畫是什麼？」

「他們明天會繼續試試。今天將整晚監視他的公寓，看他早上會不會出門，也會監視地鐵站。不過你也知道，地鐵尖峰時間約有一百萬人進出。我一有消息會再打給你。」

西奧整個人好失落。他認爲以ＦＢＩ頂尖的人力與科技配備，一定能在午夜之前讓彼得‧達菲落網。

他走進庇護所，告訴爸媽這件事。

第7章

星期三第一節課是莫妮卡老師的西班牙文，西奧的心思卻不在課堂上，一直飄到華盛頓的街道。自己是不是做錯了什麼的念頭揮之不去，他因而苦惱不已。如果他根本就認錯人呢？現在幾十個FBI探員和專家就因爲他的話，在地鐵上浪費時間、跟蹤不對的人、徹底研究那段無用的錄影，總之就像艾克．布恩所說的：「追著自己的尾巴團團轉。」

第二節課是卡曼老師的幾何學，西奧心頭盤據著另一個可怕的想法：也許他會惹禍上身。要是FBI因爲他指控了一個不相干的人而遷怒呢？要是那個男人發現是西奧．布恩偷錄他的影像，還把FBI叫來，這樣會不會遭逮捕或者被告誹謗？

午餐時，西奧根本吃不下。愛波察覺他不對勁，西奧只說他的胃不舒服，也的確是這樣啦。她多問了幾句想探聽實情，但西奧嘴巴閉得緊緊的，什麼都沒洩漏。就算是密友，說自己牽扯上FBI而且可能犯下大錯，叫人如何啓齒？他上什麼課都是捱過去的，像是塔博謙老師的化學課、泰勒老師的體育課、蒙特老師的自習課，辯論練習還請了假。最後一節下課鐘響前，他一直在倒數計時，鐘聲一響便立刻衝到安全的布恩&布恩法律事務所。他爸媽都沒有FBI的消息。西奧打電話給艾克，但沒人接聽。

他躲在自己的辦公室，法官窩在他腳邊，艾莎卻闖了進來，端著一盤杯子蛋糕說是特地爲他做的。艾莎執意要西奧去接待室和她一起坐著，談談華盛頓之旅。西奧沒有別的選擇，雖然他不太喜歡艾莎做的杯子蛋糕。法官跟著他到事務所前面，他在那裡和艾莎聊了半小時，她同時忙著接電話及掌管事務所的大小事。媽媽一度經過接待區，詢問西奧是否已經做完功課，西奧說大部分都做完了。十分鐘後，爸爸拿著文件緩步過來，看到西奧也問他是否做完功課，西奧說幾乎做完了。艾莎講完一通電話後對他說：「我想你最好還是去把功課做完吧。」

「看來是這樣。」西奧說著就走回自己的辦公室。父母都是律師，所以他家裡的規矩很多，其中一個討厭的規定就是他們希望西奧傍晚待在事務所的這段時間，要讀書而且做完功課。他們期望西奧拿到很棒的成績，他通常也能做到。偶爾成績單上會有一科B，不過那實在也沒什麼好抱怨。西奧的成績拿B而爸媽挑起眉毛的時候，他反問他們小時候的成績是否都是A。喔，那是當然，所有父母不是都有這段輝煌的過去嗎？四年級時他的數學拿了C，那時他心想，大概會被爸媽抓去青少年感化院。一個難看的C就像世界末日。

他沒辦法專心，而且功課又和往常一樣無聊。

六點剛過，艾克打電話來。「剛剛和FBI通話。」他說：「更多壞消息來了。他們又去地鐵監視，還是沒有看到那位仁兄。看來他又消失了，憑空消失。」

「眞不敢相信。」西奧說。一方面他鬆了一口氣，達菲不見了，他就不怕陷得更深；但另一方面，搞出這麼一件大事，他覺得很糟。他再一次問自己到底爲什麼要淌這個渾水？

「到底是怎麼了，你認爲呢？」他問。

「誰知道，不過彼得那老傢伙沒他們想的那麼笨。身爲逃亡的通緝犯，他可能已經學會注意風吹草動。FBI那幫人像獵犬一樣亂衝，達菲嗅到不對勁了。他注意到有人在監視他，又看到一些陌生的面孔，反正就是他被嚇到了，所以決定躲一陣子，改變日常行動，他搭不同的班車、走不同的街道、穿不同的衣服。華盛頓有兩百萬人口，他很清楚要怎樣消失在人群裡。」

「我想是吧。」

「他們監視他的公寓一整天，他卻沒回家。這些都是明顯的徵兆，表示他察覺到了。現在他們可能再也找不到他了。」

「眞糟糕。」

「反正，目前我們也沒辦法。」

「謝啦艾克。」西奧把手機塞回口袋，去告訴爸媽。

星期三晚餐是金龍餐廳的外帶中華料理，這是每星期西奧最喜歡的一餐。他們在折疊式的托盤上吃，一邊看著重播的《梅森探案》❶影集，這也是西奧喜歡的影集。第一集看到一半，媽媽說：「西奧，你都沒怎麼吃耶。」

西奧迅速往嘴巴裡塞了一大口糖醋蝦，說：「才沒有。這很好吃，我很餓。」

媽媽慈愛地看著他說：「當然，但我知道眞相。」

「你有煩惱嗎，西奧？」他爸爸問。

「煩惱什麼？」

「喔，我不知道。可能是FBI，他們沒找到彼得．達菲。」

「我沒有在想那件事啦。」他說。

他爸爸嚼著食物微笑，會意地看了布恩太太一眼。他們的眼光回到電視上，西奧低下身子給了法官半個蛋捲，那是牠最喜歡的食物。

星期四一早，西奧靜靜地一個人吃早餐，每天都是同樣的一碗圈圈穀物片和一杯柳橙汁，法官坐在他腳邊吃著同樣的東西，除了果汁之外。爸爸已經出門去城裡的咖啡廳，和老朋友一起吃早餐並交換情報。媽媽坐在起居室裡小口喝著無糖汽水並讀早報。西奧並沒有特別在想什麼，只是在想自己的事，沒有要冒險或惹麻煩。這時候電話響了。

媽媽喚著：「西奧，幫忙接一下。」

「是的，女士。」他邊說邊起身拿起話筒：「喂？」

不知在哪聽過的聲音，僵硬地說：「喂，我是ＦＢＩ的馬可仕．史賴德探員，請問能和布恩先生或布恩太太說話嗎？」

「呃，好。」西奧喉嚨縮緊。來了來了，他腦中一閃：他們要來抓我了！因爲我浪費他們的時間，所以他們氣瘋了。他蓋住話筒喊：「媽，是ＦＢＩ。」

斯托騰堡中學裡有多少個八年級生必須和ＦＢＩ打交道？他自問。媽媽在起居室接起電話，西奧很想拿著話筒偷聽，但他很快改變主意。幹嘛惹更多麻煩？他躲在起居室門外媽媽看不見的地方，聽得到她的聲音卻聽不清楚內容。她掛上電話後，西奧閃回椅子上坐好，往嘴裡塞了一匙穀片。布恩太太走進廚房，瞪著西奧，好像他開槍射到誰似的，她說：「是ＦＢＩ打來的。」

西奧心想，當然是啊，媽。

「他們今天早上想在事務所和我們碰面，說是很緊急。」

西奧一方面很高興可以再蹺課一天，另一方面卻又迅速被現實擊中：ＦＢＩ被惹毛了，

❶《梅森探案》（*Perry Mason Show*），號稱美國史上播映最久的法律影集，改編自美國律師暨作家賈德納（Erle Stanley Gardner, 1889-1970）所寫同名小說，主角叫做佩瑞．梅森（Perry Mason），是一個專門替背負冤案的嫌疑人洗脫罪名的大律師。

他們想要當面把他吞了。他說：「他們想幹嘛？」

「那探員不肯說。他們現在就要開車過來，我們約九點鐘見。」

「我們？我也要去嗎？」

「是的，他們請你去。」

「天哪，媽，我不喜歡蹺課耶。」他一臉無辜樣。不過說眞的，這時候他寧願騎上腳踏車奔赴學校。

一小時後，他們已經在會議室消磨時間，等艾克來，他不是隻早起的鳥。終於等到了，他紅著眼睛、臭著臉，直接走去倒咖啡。幾分鐘後，史賴德探員和阿克曼探員走進來，大家打了聲招呼。布恩太太關上門，因爲艾莎就在門外蠢蠢欲動，想探聽內情。事務所的法務助理、也是西奧的戰友文森在外面好奇地晃來晃去。不動產祕書陶樂絲則是雷達全開，因爲所有警報都響了：一，西奧又沒去學校；二，艾克來了；三，兩位FBI探員回來了。

史賴德先開口說：「我就開門見山說了。我們沒有發現任何彼得．達菲的行蹤。我們認爲他改變了日常行程，也確定影片裡面的人就是他，我們判斷他還在華盛頓特區。」他稍作停頓，好像在等布恩家的人問他如何得知，但布恩家誰都沒說話。他繼續說：「我們想請西奧和艾克回華盛頓，幫我們找人。」

阿克曼立刻附和：「你們知道他的長相，是因爲你們在這裡見過他，所以你們倆之前能夠認出他來。西奧，你上次提到記得他走路的樣子，對不對？」

西奧不太確定該如何反應。幾秒鐘前，他們在會議桌邊坐下時他嚇得半死，現在想到要再去一趟華盛頓，他突然好像活了起來。這次是FBI親自邀請！原來他們不是來逮捕他，而是希望他加入任務。「噢，對啊。」西奧勉強回答。

「跟我們說說看吧。」史賴德說。

西奧看著左手邊的媽媽、右手邊的爸爸。他清清喉嚨說：「嗯，我看過一本間諜小說，裡面提到一個被蘇聯間諜跟蹤的美國人，KGB❷吧，我想。」

「是KGB沒錯。」史賴德幫腔。

「那個美國人知道每一張臉都不一樣，可以輕易喬裝。不過，他也知道每個人的走路方式都不同，而你很難改變走路的樣子。所以他在鞋裡放了一顆小石頭，這樣他走起路來就有點奇怪。他擺脫蘇聯特務，順利逃脫。雖然他們後來還是殺了他，但不是因爲鞋裡的石頭。」

「你能辨識彼得．達菲走路的樣子？」阿克曼問。

「我不知道，不過上週四我跟著他走出地鐵列車，我認出他走路的姿態。倒不是說哪裡怪，但那就是他走路的樣子。以前在這裡受審時，我看過他好幾次。」

❷ KGB即「國家安全委員會」，是蘇聯於一九五四至一九九一年期間的情報機構，從事情報蒐集、反間諜及國家安全保衛的等工作。

爸媽都皺著眉頭看他，好像他吹牛吹很大似的。艾克倒是咧嘴笑了，這個姪子真棒。

布恩先生說：「我就直說了。你們想讓西奧去華盛頓街上觀察路人？」

史賴德回答：「是的，還要再搭地鐵看看我們是否走運。西奧和艾克都去。沒錯，這是散彈打鳥，卻是最後的辦法了。」

艾克笑了，唐突地說：「太好了。地表最強而有力的犯罪打擊組織FBI，擁有金錢所能買到的最先進科技，竟然要靠一個十三歲孩子認出某人走路的樣子。」

阿克曼和史賴德深吸一口氣，不理會艾克而繼續下去。史賴德說：「我們會讓你們搭機來回，費用由我們全包。兩位都是。我們倆和其他探員都會在你們身邊，不會有危險的。」

「聽起來有危險。」布恩太太說。

「完全沒有。」阿克曼回答：「達菲不會傷害任何人，他不想惹麻煩。」

「需要西奧去多久？」布恩先生問。

史賴德說：「不會很久。今天是星期四，趕一點的話可以搭中午的飛機，及時抵達華盛頓，在下班尖峰時段搭上地鐵。我們監視今天白天、晚上和明天，星期六他就能回家。」

西奧盡量不動聲色，以隱藏他的興奮。媽媽的話卻快讓他忍不住，「伍茲，我覺得我們其中一個應該跟著去。」

布恩先生說：「我同意，可是我星期五有兩個大案子要結案。」

布恩太太說：「我明天要出庭一整天。」

又來了。他爸媽總是愛演「我比你還忙」的戲碼。

艾克說：「沒事沒事，我會照顧西奧的。這趟旅行不麻煩，而且我也認爲不會有危險。」

「但這樣他就會連續兩天沒上學。」她說。

這句話好像半路殺出的程咬金。最後史賴德說：「沒錯，我們很抱歉。不過我確信西奧可以補上進度。布恩太太，這件事眞的很重要，我們實在需要西奧和艾克的協助。西奧，你的意見呢？」

「嗯，我眞的不喜歡蹺課啦，但如果你們堅持的話……。」

五個大人都覺得這個很好笑。

第8章

西奧、艾克、史賴德和阿克曼降落在華盛頓的雷根國際機場，另外兩名ＦＢＩ探員來接機，他們穿著同款深色西裝、打著同樣的深藍色領帶，也同樣嚴肅地皺著眉頭。大家迅速介紹彼此，他們慎重地與西奧握手，像是在對待大人一般。其中一位接過他的旅行袋說：「請往這邊走。」入境大廳門口的人行道旁停著一輛黑色廂型車，那裡是禁止停車區，不過機場警察就好像沒看到似的。他們一個個坐上車，年輕的西奧・布恩就這樣咻地被載走，彷彿是什麼大人物。他和艾克坐在最後面，聽著四位探員談論ＦＢＩ中他們認識的其他人。疾駛過硫磺島戰役紀念碑時，西奧凝望遠方，欣賞華盛頓紀念碑。不過六天前他才登上紀念碑頂，俯瞰整個城市，全心讚歎那景色。他們行經阿靈頓紀念大橋，跨過波托馬克河，在車陣中穿梭。

在飛機上，西奧研究了華盛頓特區的中央和西北區街道地圖和地鐵路線圖。他想隨時掌握自己的確切位置。車子轉上憲政大道，他瞥見右邊的林肯紀念堂。他們經過倒映池，沿著國家廣場前進並經過華盛頓紀念碑，左轉進入十二街北行，交通愈來愈繁忙。接近地鐵中央站時，車子突然在萬豪酒店門口停下。他們又停在禁止停車區，但很快地揮手打發了門口的飯店人員。

西奧心想，我猜FBI不需要擔心被拖吊這種事吧。

飯店登記已經有人處理好了。他們搭電梯直達五樓，很快走到五二〇室。一個探員說：「西奧，你的房間在隔壁。布恩先生的房間在你旁邊，中間有門相通。」他看著史賴德和阿克曼說：「你們兩個的房間在走廊對側。」

門開了，他們走進一個大套房，裡面又是一堆探員，全都沒有穿深色西裝。有位較年長的灰髮先生帶著微笑迎上來說：「你們好，我是丹尼爾．法萊，是這個小組的組長，歡迎來到華盛頓特區。」接下來花了一些時間和每個人握手、聽每個人的名字。除了法萊之外有六個人，每個人的穿著都不一樣。一個身穿深紅色慢跑服，運動服上的橫幅字樣是「密西西比州」；一個穿牛仔褲和登山靴，看起來好像剛從樹林裡出來似的。有個女探員穿海軍藍白色衣服，看起來像個水手，另一個女探員的裝扮則讓人以爲她是街友。有個瘦削的白人男孩看來與西奧差不多年紀，穿得像個學生，還背著後背包、戴耳環。第六個人的頭髮和艾克差不多長，看起來也一樣不修邊幅。至於法萊，看起來就像剛剛打完一場高爾夫球。

他們都很親切，似乎覺得和一個十三歲小孩一起工作很有趣。西奧快招架不住，盡量別讓自己笑得像個傻瓜。探員們在房裡隨意坐著。一張沙發上堆滿運動服和帽子。丹尼爾．法萊說：「好，西奧，首先呢，你最喜歡的運動隊伍是什麼？」

「噢，是明尼蘇達雙城隊。」

法萊皺眉，其他有些人也是。「那有點怪。你不是來自明尼蘇達，爲什麼是雙城隊？」

「因爲斯托騰堡沒有人支持雙城隊。」

「那好吧。問題是，我們沒有雙城隊的東西。」法萊往沙發上那堆收藏揮手示意。

「有沒有洋基隊的？」艾克問。

西奧立刻回嘴：「我不要洋基隊。」結果引來一陣笑聲。

「好好好。」法萊說：「那紅人隊呢？」

「最好不要吧。」西奧說。笑聲更多。

「國民隊呢？」

「可以，我喜歡國民隊。」

「那好，現在有初步共識了。我們要讓你穿上國民隊的紅色運動服和同款棒球帽。」

「我不要戴帽子。」西奧說。

「嗯，抱歉啦，但我們覺得你應該戴上某種形式的帽子，這是喬裝的一部分。」

「好吧，但是不要國民隊的帽子。我有自己的。」

「好，好。等一下我們再來看看。現在，如果可以進一步談的話，計畫是這樣的。」一面

牆上貼著一張華盛頓特區市中心的巨幅地圖，地圖上方是一排放大的照片，全是達菲先生。

法萊走到那面牆邊，指著標示「萬豪」的點。「我們在這裡，地鐵中央站就在附近。這是你上週四上車的地方，對嗎？」

「是的，先生。」

「達菲當時已經在車上，對吧？」

「是的，先生。」

「對了，我們會用代號稱呼他，就是『牛仔』。」

「我也不喜歡牛仔隊❸。」西奧說。引來更多笑聲。

「那你喜歡什麼呢？你最喜歡的美式足球隊是哪一個？」

「綠灣包裝工隊。」

「好，那我們就叫他包裝工。大家都同意嗎？」法萊看著他的組員。大家都聳聳肩，誰會眞的在乎怎麼叫他？法萊繼續說：「好，我們的進展不錯。你和布恩先生四點鐘就去搭前往聯合站方向的地鐵，再搭四點三十八分的車折返。西奧在第三節車廂，布恩先生在第四節。我們會派人分散在各個車廂，西奧，你周圍三公尺內一定會有探員。四點三十分，你和布恩先生在司法廣場站等車，察看人群。」法萊指著地圖說：「你們會在這裡搭車回來，如果到了

❸此處西奧指的是美式足球聯盟的達拉斯牛仔隊（Cowboys）。

地鐵中央站沒有任何發現，那就到法瑞格特北站換車廂，然後一路搭到檀立鎮站再下車，在那裡大概待個半小時。那是包裝工上週出站的地點。星期二和星期三，我們在這條路線上徹底佈了線，當然沒有什麼發現，老實說，我們現在只祈禱奇蹟出現。」

「我們怎麼聯繫？」艾克問。

「噢，布恩先生，我們有很多玩具。」

「叫我艾克就行了吧？」

「好，這樣容易些。」法萊走到一張小桌子邊，上面放滿各種小裝置，他拿起其中一樣。「看起來就像一般的智慧型手機，對吧？」他說：「但這其實是雙向無線電。接上耳機，你和西奧看起來就像是一邊聽音樂、一邊傳電郵或玩電動。」他把那個裝置稍微接近自己的臉。「需要講話時，只要移到嘴巴附近約四十五公分的範圍內，按下綠色鍵、輕輕說話就行了。這玩意幾乎能接收所有聲音，我們會在同一頻率同步監聽。任何時間，我們任何一人都能和所有人說話。」

他看著史賴德和阿克曼說：「我想你們倆也想一起玩吧。」

兩人點點頭。

「好，我們會給你們公事包，你們就喬裝成律師。這個城市裡大概只有五十萬人，所以要隱身在人群中應該很容易。我會待在地鐵中央站，梭特會在伍德利公園站，肯南會在檀立鎮站。有沒有問題？」

西奧問：「要是看到包裝工了呢？」

「我正要講。首先，不要死盯著他看。他有可能認出你嗎？」

西奧看看艾克，聳聳肩。「我很懷疑。我們從未正式見過面，沒有近距離看過對方。他出庭的時候我看過他，不過我確定他沒看到我，法庭裡人很多。審判期間我在法庭外見過他幾次，但他不會記得我的，我只是個小孩。你覺得呢，艾克？」

「我也覺得不會。但還是別心存僥倖。」

法萊問：「上星期你在車廂裡看到他的時候，他看到你了嗎？」

「我想沒有。我們沒有眼神接觸。」

「好，如果你看到他，不要盯著他看，不要引起別人注意，盡快按下綠色鍵告訴我們。依他距離的遠近，我們會問一些問題。如果他看起來快下車了，你要跟我們說。如果他下車就跟著他，但不要走得太近。到時候我們就會有人準備好攔住他了。」

一想到自己在FBI逮捕彼得．達菲的現場，西奧的胃一陣翻攪。這實在太令人興奮了，他將被當成英雄看待，雖然他眞的不想出這個風頭。

法萊說服西奧戴上一副黑框眼鏡，作爲喬裝的一部分。他們又花了十分鐘在帽子上討價還價。沒有人喜歡他帶來的那頂帽子，那是一頂可調整鬆緊的綠色舊鴨舌帽，還繡了John

Deere 這個農機公司的字樣。城市裡的小孩應該不會戴著有農機公司廣告的帽子，終於西奧讓步了，同意戴上喬治城大學 Hoyas 標誌的灰色帽子。他們決定不用西奧的背包，另外給他一個輕量型的，以便在街上快速移動。他和艾克試驗無線電和耳機的功能，一切準備就緒後，他們便動身前往地鐵中央站。

他們上了車，西奧在第四節車廂中間找到位子。艾克穿著運動外套，戴上不同的眼鏡，穿著卡其褲和懶人鞋，坐在西奧對面。穿著紅色慢跑服的那個人站在幾公尺外。列車開動，西奧插上耳機，眼光在人群裡掃視。他假裝在發簡訊時聽到法萊的聲音：「怎麼樣，西奧？」

西奧把手機拿近一些，按下綠色鍵，輕聲回答：「一切還好。沒看到包裝工。」

「你的聲音響亮又清楚。」

西奧、艾克和慢跑男在檀立鎮站下車，等了幾分鐘，然後搭上回程班車。幾分鐘後，列車停在司法廣場站，他們下車，ＦＢＩ認爲彼得．達菲會來這裡搭車。西奧四處走動，假裝忙著聽音樂和發簡訊，就像一般小孩等車時那樣。沒看到達菲。他看到那個水手在月台盡頭處，月台另一端則是那個瘦削的學生。很多通勤族進站，月台顯得擁擠。在人群中他看到律師模樣的史賴德。列車來了，沒有人下車，通勤族一擁而上。西奧被人潮帶著走，在第三節車廂中間找到一個據點。艾克的身影消失在第四節車廂。慢跑男站在距離西奧約一點五公尺的地方。列車疾行期間，西奧不經意地東張西望。

沒有。車上沒有人與彼得·達菲有任何相似之處。

中央站有更多通勤族擠上車。在法瑞格特北站，西奧好不容易離開第三節車廂，奮力往第五節車廂移動。沒有。下一站檀立鎮是他們的最後一站。好幾個通勤族、西奧、艾克和慢跑男及水手都下了車。西奧覺得可以的時候便按下綠鍵說：「我是西奧，剛下車。沒看到。」

艾克回應：「我是艾克，我也沒看到。」

他們按照指示在車站閒晃，期間有兩班車停下來。法萊指示他們再搭上回程的班車，回到司法廣場站，然後整個再來一遍。對西奧來說，興奮的感覺已經慢慢消退。搭地鐵的人那麼多，想一一看過似乎不可能。

西奧和艾克花了兩小時搭乘紅線，在檀立鎮和司法廣場之間往返。

如果彼得·達菲還在這個城市裡，他不是改搭計程車、就是換搭另一條地鐵線了。他們的搜尋已經進入第三天，卻毫無所獲。

西奧回到飯店房間，將國民隊紅色運動服與喬治城大學棒球帽換下。他打電話給媽媽，報告一切經過。他對於搭地鐵已經徹底厭煩，但還是很熱中獵捕嫌犯。在他看來，現在是在浪費時間。

星期五一早，西奧與艾克連同整組人員潛入地鐵，搭了三個小時，毫無斬獲。十點三十分，法萊下令停止搜索，西奧和艾克回到飯店。他們打發了一些時間，在飯店餐廳安靜地一起用餐，正談著要去哪裡參觀時，法萊忽然出現，邀請他們到FBI總部一趟。他們雀躍地接受邀請，在賓夕凡尼亞大道上的胡佛大廈裡待了兩小時。下午四點，他們再度搭上地鐵，在陌生人群裡張望，卻還是沒看到他們要找的人。

到了傍晚七點，西奧對地鐵、人潮、腦海中盤旋的彼得・達菲以及這個城市，完全提不起勁。他只想回家。

第9章

丹尼爾．法萊探員是好人，但他變得愈來愈像魔鬼士官長。他堅持小組成員要在星期六一大早就開始工作，因爲誰知道彼得．達菲會不會在這個時候出來活動。他一定是改變日常作息了，但反正趁西奧和艾克還在城裡，何不多搭幾趟地鐵、盼望奇蹟出現？他們的班機中午才起飛。

早起用餐時，西奧和艾克談到有幾件事是顯而易見：如果彼得．達菲已經有四天沒有回到公寓，那他肯定是溜了，被什麼嚇到而再次逃之夭夭。他們的確有過一次好運，但是運氣已經用光。

他們狼吞虎嚥地吃了鬆餅，然後和小組成員最後一次進襲地下鐵。

奇蹟沒有發生。十點鐘，西奧、艾克、史賴德和阿克曼搭著另一輛FBI黑色廂型車離開飯店，前往機場。他們辦了登機手續，在大廳走了好長一段路才找到登機門。還要候機一個小時，西奧沒多久就感到很無聊，也厭倦這趟小冒險，還因此錯過了每週一次和爸爸打高爾夫的機會，更讓人懊惱。

昨天去胡佛大廈時，他想像自己成爲ＦＢＩ探員的樣子，旅行到世界各地去監視恐怖份子之類。不過現在，他將這些想法拋諸腦後，無法想像終日坐在地鐵車廂裡的生活。他對艾克說要去找廁所，順便四處晃晃。艾克埋首在報紙裡，哼了一聲表示知道。史賴德和阿克曼都在通話中，一邊看著遠處飛機起降。機場的人並不多，西奧走在大廳時經過一家書店、一家禮品店、兩間酒吧，並看到兩個喝得醉醺醺的傢伙，還有關在吸菸隔離室裡的老菸槍和幾家餐廳。他離開廁所準備走進大廳繼續溜達時，撞到一個匆匆忙忙的男人。雖然只是輕輕一撞，卻把那男人的登機提袋撞落在地。

「對不起。」男人說著，急忙撿起他的袋子。彎腰時，他的眼鏡滑落。

「我也很抱歉。」西奧不好意思地說。

那男人一把抓起眼鏡，西奧看著他，倒退了一步。那人有點眼熟，其實他看起來像極了彼得．達菲，只不過他是金髮，眼鏡也不一樣。對方僵住一秒，彷彿認得西奧似的瞪著他，隨即又露出微笑，好像什麼事也沒有。西奧也僵住了，卻很快想起法萊的警告：不要盯著他看。他也對那人微笑，往反方向走。達菲匆忙地繼續前進，西奧躲到一個書報攤後面。他看著達菲走過大廳，想起他見過這人的走路姿態。他先打電話給艾克，卻直接轉到語音信箱。西奧也有史賴德和阿克曼的電話號碼，他一邊打電話給史賴德，一邊開始尾隨漸漸走遠的達菲。那人回頭望了兩次，好像知道後面有人。

響了四聲，史賴德接起電話。「是，西奧。」

「看到包裝工了。」西奧說：「快來。」

「在哪裡？」

「在大廳。他剛經過三十一號門。他很趕，我想他急著上飛機。」

「跟著他，我們立刻就到。」

西奧沿著大廳邊緣移動避免被看到，但是很難跟上達菲。不過到了二十七號門，達菲放慢腳步，走到一列長長的隊伍最末端。他又回頭看，西奧躲在一個資訊服務台後面。他彷彿等了好幾個小時，才看到史賴德和阿克曼快步走來，艾克在後面跟著。

西奧對他們招手。「他在二十七號門，等著登機。」

「你確定是他嗎？」阿克曼問。

「很確定。我和他對看了一眼。我想他似乎覺得在哪裡看過我。」

「是哪一個？」他們在服務台邊窺視時阿克曼問。

服務台有個小姐說：「需要幫忙嗎？」

史賴德說：「FBI，女士。我們沒事。」

西奧說：「他在隊伍最後面，咖啡色夾克、卡其長褲、黑色提包，現在是金髮。」

阿克曼看著頭上的大螢幕說：「二十七號登機門，達美航空直飛邁阿密。」

史賴德對阿克曼說：「打電話給法萊，讓那班機延後或取消飛行之類。我們待在這裡，讓包裝工登機，他就跑不掉了。」

「好。」阿克曼說，按下手機按鍵。

史賴德說：「我去排在他後面，確保他不會溜掉。」史賴德像其他旅客般悠哉漫步過大廳，排進飛向邁阿密的隊伍中。他和達菲之間有六個人，隊伍緩慢移動，達菲似乎有點焦躁不安。他可能想著在哪裡看過那個小孩，他的視線一直飄向大廳。阿克曼在與法萊通話。艾克在西奧後面伏低，呼吸粗重。櫃檯小姐睜大眼睛看著他們，可能在想：這孩子不會也是FBI探員吧。不過她什麼也沒說。

阿克曼把手機塞進口袋，說：「好了。班機會延誤起飛直到我們辦完事，包裝工到不了邁阿密的。當然，前提是他就是包裝工。」

「那真的是達菲嗎？」艾克低聲問西奧。

「我當然希望是啊。」西奧回答。想到可能會認錯人，他的胃又在翻騰。如果這一切是個超級大錯誤呢？

不過，那是達菲無誤。西奧看過他的眼睛，也看過他走路的樣子。

達菲一將他的登機證交給達美地勤並消失在門後，史賴德便走到櫃檯，對另一位達美地勤亮出他的證件徽章，並說：「FBI，這班飛機要延後起飛。」

阿克曼趕到登機門，西奧和艾克緊跟在後。所有乘客都登機了，機組人員準備起飛動作，阿克曼說：「我去飛機上看他坐在哪裡，這樣就能查到名字。」

「好主意。」史賴德說。

阿克曼向達美地勤解釋後匆匆登機。五分鐘後他回到櫃檯說：「座位十四B的乘客是誰？」達美地勤人員輕快按著鍵盤並掃視螢幕，然後說：「湯姆．卡森先生。昨天在康乃迪克大道上的達美航空辦公室買票。」

「用現金還是刷卡？」

「噢，我查一下。現金。」

「現金，單程？」

「是的。」

「好。我想我們必須找他談談。我們有逮捕令，但首先必須確認他的身分，這可能會花一點時間。請機長宣布會稍微延後起飛，大家不會驚訝的。」

「當然，這是常有的事。」

二十分鐘後，丹尼爾．法萊帶著三名探員匆忙趕到，都是新面孔。他和史賴德及阿克曼交頭接耳，並問西奧：「你確定嗎？」

西奧點點頭說：「百分之九十確定。」

法萊說：「好，計畫是這樣。我們把那人弄下飛機跟他談。檢查證件，看看情況如何。如果不是他，我們就道歉、送他上路，然後希望他不會告我們。」

西奧和艾克在寬敞的候機區背靠牆坐著，法萊和湯姆．卡森先生從空橋走出來。卡森不生氣也不害怕，但很明顯不高興。其他探員上前時，他隔著走道看見西奧，露出恨不得殺了他的表情。

他被帶到機場辦公室訊問。

西奧和艾克在那裡等著，開始擔心自己的班機。直到確認卡森是否為達菲之前，他們不能離開，也不想離開。

不過，法萊是經驗豐富的老手，達菲則是外行，經過十五分鐘的質問，他編造的故事就崩盤了，他終於承認自己的眞實身分。他那些全新的證件，包括馬里蘭州的駕照、社會安全卡、護照，全是假的。他還有一張從邁阿密到巴西聖保羅的聯合航空機票，口袋裡有現金九千美元。他逃亡來這裡還不到十五分鐘。

法萊宣布他被逮捕後，達菲要求律師到場，不再說話。

他們領著戴上手銬的達菲從辦公室出來時，西奧和艾克站在附近的大廳裡。錯身時，他又惡狠狠地瞪了西奧一眼。

特務丹尼爾·法萊連同史賴德、阿克曼和另一位探員一起走過來。法萊按著西奧的肩膀說：「做得好，孩子。」

第10章

星期日早上，西奧在自己床上醒來，外面的雨下得正大。他對著睡在床底下的法官道聲早安，牠有時候睡在床邊，偶爾甚至在床上，不過狗狗並沒有睜開眼睛。西奧打開筆電，直接連到斯托騰堡早報的網路版。頭版標題大大地橫跨網頁：彼得．達菲在華盛頓特區機場遭逮捕。西奧以生平最快的閱讀速度掃過這則新聞，那些細節他都知道，他是在搜尋自己的名字，他和艾克的名字。完全沒有。

他深吸了一口氣，再讀一遍。根據匿名線報，一組FBI探員在達菲登上飛往邁阿密的班機時將他圍捕云云。他持假證件及大筆現金，預定前往巴西聖保羅。根據不具名的消息來源，FBI小組於上星期發現他的行蹤。據信他這幾週以來都住在克里夫蘭公園一帶。製造假證件給這位「湯姆．卡森先生」的公司也在接受調查。達菲被拘禁在維吉尼亞州的阿靈頓監獄，近日內將遣送回斯托騰堡。他的律師克利弗．南斯未接聽電話，而本地檢警雙方都不願做任何評論。

報導繼續描述達菲被控的謀殺案，這是這一年來幾乎城裡每個人都知道的細節。有一張受害者米拉．達菲的照片，她於某個星期四早晨被發現遭勒斃，陳屍於家中客廳，當時她的丈夫彼得正在他們居住的威佛利溪區社區高爾夫球場打球。還有一張審判期間達菲走進法庭的照片，後來亨利．甘崔法官突然宣布審判無效並解散陪審團。當時謠傳有位祕密目擊證人在審判最後階段才冒出來，他能證明案發時達菲在家。目擊證人的身分沒有公開。第二次審判即將展開之際，達菲失蹤了。

西奧對這些事情瞭若指掌，他根本就涉入其中。現在，他又深陷其中，這讓他很緊張。噢，根本就是驚弓之鳥。達菲有一些危險的朋友。雖然ＦＢＩ向他和艾克保證，在官方說法中絕對不會提到他們倆，目前爲止是這樣沒錯，但艾克不信任當地警方會保守祕密。

新聞還說，達菲不僅再度面臨謀殺罪的審判，還加了一條潛逃罪。這項罪名最重可求刑十年。西奧在心裡問：逃離斯托騰堡是事實，達菲再怎樣也無法自圓其說。

他叫醒法官，接著下樓。爸媽還穿著睡衣坐在廚房桌邊，也在讀著同一家報紙，爸爸喝黑咖啡，媽媽喝無糖汽水。大家帶著睡意互道早安之後，布恩太太問：「你看報了沒？」

「嗯，剛剛看了。沒有我的名字。」

爸媽勉強微笑著點頭。他們也非常擔心西奧扯上關係。他能怎麼辦呢？在地鐵上看到達菲，那個被控謀殺、遭到通緝的男人。有哪個好公民不會像西奧一樣出面？

是的，他們都同意西奧做了正確的事，但感覺就是不對勁。他簡直希望自己什麼都沒做。

西奧說：「看來他至少會被關十年，是嗎？」

布恩先生哼了一聲說：「看起來確實是這樣，我看不出他要怎麼辯稱自己沒有逃亡。」

布恩太太說：「沒被判死刑就算走運了。」

西奧弄了兩碗圈圈穀片，一碗自己吃，一碗給法官。他爸媽又埋首在報紙裡，好像很擔心。「我們要上教堂嗎？」西奧吃了一口之後問。

布恩太太說：「西奧，星期日早上耶，怎麼會不上教堂？」

「只是問問而已，沒什麼。」

西奧心想，好，那大家就什麼都別說好了。

上過教堂、吃過午餐，西奧想出去透透氣。他跟媽媽說要去騎車，用狗鏈帶著法官一起去。媽媽要他在天黑前回來。於是他出發，在他居住的安靜社區中綠蔭街道飛馳，他向老是待在自家門廊上的納涅瑞先生揮揮手，還對著聽不見聲音的古德洛太太說哈囉。

西奧再次慶幸自己住在一個小孩能騎車到處跑的城鎮，不用擔心繁忙的交通和人行道上許許多多路人。他沒辦法住在華盛頓特區那種地方，它是個很棒的城市沒錯，能去觀光是很好，不過西奧需要更多空間。法官像是全世界最開心的狗兒在他旁邊狂奔，西奧左彎右拐、避開鬧區，因為可能會有無聊的警察喊他不可以闖紅燈。西奧認識很多警察，他們多半很和善，但其中有些人覺得騎腳踏車的小孩應該遵守所有道路規則。他最喜歡的地方是斯托騰堡學院的校園，那裡的學生常常在大草坪上玩飛盤或其他消遣。他喜歡這所學校，但不確定自己是否要去那裡念書，畢竟那離他家很近。雖然才十三歲，他已經想著要離家生活。

戴爾蒙這一區靠近學校，很多學生住在這裡的老式雙拼住宅、公寓或是老舊的屋子。這裡有咖啡店、酒吧、二手書店，算是比較粗獷味道的鬧區。終於，他找到他在尋找的街道以及那棟小房子，胡立歐．裴那和他家人在這裡已經住了好幾個月。

裴那一家人曾住在高地街上的遊民庇護所。西奧在那裡認識胡立歐，輔導他做功課。胡立歐是斯托騰堡中學七年級生，西奧偶爾會在學校遊戲場上看到他。他的表哥巴比．艾斯科巴就是檢方的明星證人、達菲案的目擊者。

米拉．達菲遭到殺害那天，巴比在威佛利溪區的高爾夫球場工作，當時他已經做了三個月。他來自薩爾瓦多，非法進入這個國家有一年了。有些人叫他「非法移民」，有些人叫他「無照移工」。

西奧讀過報紙，知道全國大概有一千一百萬人和巴比一樣，躲躲藏藏地在這裡工作。

總而言之，巴比當時正在樹下獨自吃著午餐，卻看到彼得．達菲開著高爾夫球車突然出現，他匆匆返家，待了大概十分鐘之後出來，跳上高爾夫球車快速離去。當時是十一點四十五分，就是米拉．達菲推斷死亡時間。巴比害怕出面的原因顯而易見，他不想被遣返。不過西奧已經說服他去和甘崔法官談談。這些事發生在審判開始之後，因此法官宣布審判無效。從那時起，警察答應要保護巴比，並確保他不會有任何移民方面的問題。布恩先生和布恩太太有意願資助他，幫他拿到公民身分，但這個程序進展得非常緩慢。

西奧敲敲門，可是沒人應門。他往後院窺探，然後跳上腳踏車回到街上。一些男孩子在小公園玩足球傳接球，很多人在一旁觀賽或閒晃，他們看起來幾乎都是拉丁美洲裔。胡立歐和一群小孩在一起，包括他的雙胞胎弟弟艾克特和妹妹芮塔，他在球門後方踢著足球消磨時間。西奧慢慢接近，直到胡立歐看到他，微笑走過來說：「西奧，你來這裡做什麼？」

「沒有啊，出來騎騎車。」

裴那一家人住在庇護所時，西奧教過艾克特和芮塔英文，這兩個小孩一看到他和哥哥在說話就跑來打招呼。法官立刻引起他們的注意，他們牽著牠去散步。很多小孩也注意到法官，想拍拍牠的頭、跟牠說話。對這隻狗來說，這是光榮時刻。

西奧和胡立歐東聊西聊，見時機對了，西奧問：「嘿，胡立歐，巴比怎麼樣了？他還和你們住在一起嗎？」

胡立歐皺皺眉，望著不遠處的足球賽。「他有時候和我們住一起，有時候回他的老地方。他還是滿害怕的，你知道的。而且，巴比和我媽不太合。」

「那太糟了。」

「對啊，他們常常吵架。巴比喜歡喝啤酒，還會帶回家，我媽不喜歡這樣，她不喜歡家裡有那種東西，她說這是她的房子，就要遵守她的規定。我想他還做了其他什麼不好的事，你知道的。」

「我了解。」西奥說，雖然他根本就不了解。「聽起來不怎麼好。他仍然在高爾夫球場工作嗎？」

胡立歐點點頭。

「唉，胡立歐，有些事情巴比得知道。他們找到彼得．達菲、將他逮捕了。他就要回來這裡受審。」

「那個殺了太太的男人？」

「對，巴比很快就要變成重要人物了。他最近和警察談過嗎？」

「我不知道。我沒有每天看到他。」

「嗯，我想你得跟他講一下，讓他知道。我相信警察最近就會來找他談。」西奥想要說歐馬．奇普以及帕可那幫狠角色的事，他們都還在這城裡，可能還在爲達菲工作，不過他不想嚇到任何人。如果嚇到巴比，他可能會消失在黑暗的街頭。

胡立歐說：「他正想著要回家。他媽媽快死了，他很想家。」

「是你媽媽的姊妹嗎?」

「對。」

「我很遺憾。不過我爸媽在幫他申請工作許可，他最近真的不能離開。胡立歐，你可以跟他說嗎?」

「是他媽媽耶，西奧。如果你媽媽快要死了，你不會想回家嗎?」

「當然會。」

「而且，他還是很緊張會捲進麻煩。就在上星期，他在附近果園工作的一些朋友被抓，因爲他們沒有合法證件，你知道的。現在他們關在某個監獄，等著被送回薩爾瓦多。這樣子生活很辛苦，西奧，你可能很難了解，但巴比不想捲進去。他誰都不信任，他不像你。」

「好，我知道了。」

艾克特和芮塔牽著法官回來了，他們和牠玩膩了，準備把狗鍊交還主人。法官也厭倦出風頭，想離開了。西奧向裴那家的孩子們說再見，騎著腳踏車離去。

第11章

西奧最喜歡的老師是蒙特老師，那是他的導師，也是辯論小組顧問。他三十五歲左右，單身，喜歡和年輕女老師說說笑笑。他怡然自得的生活態度很受男同學喜愛。他的家族裡有一堆律師，他自己也讀完法學院，曾在芝加哥一間大型法律事務所工作一年，但不太愉快。他喜歡教書，喜歡和孩子們在一起，因此決定自己的歸屬是教室而非法庭。他教第三節的公民課，通常會讓同學們討論任何他們想討論的話題，只要能與政治、歷史或法律沾上邊就行。還有，他考試的題目也很簡單。

新聞都在報導達菲，星期一早晨的課大家會討論什麼就毫無疑問了。

「我有個問題。」達倫在蒙特老師開始上課沒多久就開口問。

「什麼問題，達倫？」

「報紙說彼得．達菲可能會反對引渡回斯托騰堡。這是什麼意思？」

蒙特老師看了西奧一眼，但還是選擇自己處理這個問題。除了蒙特老師，西奧是這個教室裡最懂法律的人，但西奧通常不願意主導討論，他不想讓人覺得自己是個萬事通。

蒙特老師說：「好問題。引渡是個法律程序，指的是某人在某一州遭逮捕，要送回犯罪發生地點所在的那一州。這個人當然不希望回到自己惹事的地方，所以他通常會試著阻擋這個轉移過程。但那只是無謂的掙扎，最後法院還是會確保將他送回。只有一種情況會比較棘手，那就是某一州有死刑，另一州卻沒有。即使是這樣，被告的請求還是不會成立。國際間的引渡比較會有問題，因爲美國沒有和所有國家簽訂引渡條款。你們誰看過《火車大劫案》這部電影？」

有幾個人舉手。

「那是眞的發生在英格蘭的火車劫案，大概是在一九六〇年代。那幫人攔截了一輛載滿錢的火車，而且成功脫逃。後來他們都被抓了，只有一個人成功逃到巴西，也就是達菲的目的地。當時巴西與英國之間沒有引渡條款，所以那傢伙可以在巴西過著不錯的生活，英國警方也束手無策。」

「他後來怎麼了？」達倫問。

「後來他想家，回到倫敦。我想他最後死在監獄。」

「我要問另一個問題。」伍迪說：「我爸爸說，被控謀殺的人給了一筆保釋金就不用在牢裡等候審判，這種事前所未聞。不知道爲什麼彼得．達菲就可以這樣，看吧，結果呢，因爲有錢，所以他享有特殊待遇，是嗎？我爸說，換作別人就會被關起來，根本逃不掉。保釋這東西我不懂。」

蒙特老師又看著西奧。西奧說：「嗯，你爸說得對。對於謀殺的案子，大多數法官根本不會考慮設立保釋金。其他的案子例如侵呑罪，你偷拿老闆的錢被抓到，這是嚴重的罪，但不涉及暴力，你的律師就會請法官設一個合理的保證金。檢方都會要求高額保證金，被告則會請求少一點。假設法官提出的保證金是五萬美元，你就要去找保證金擔保人，給他一成的現金。他開出擔保書，你就能出來等候開庭受審，這樣皆大歡喜。如果開庭時你沒有現身，保證金擔保人就有權利把你揪回來。」

「保釋金和保證金有什麼不同？」伍迪問。

「沒什麼不同。這兩種說法律師都會用。他們會說『我客戶的保證金是五千美元』，也會說『我客戶的保釋金是五千美元』。意思都一樣。」

「那麼達菲是怎樣弄到保釋金的？」

「他很有錢。他的保釋金設定爲一百萬美元，他抵押等值的土地。他沒有請擔保人，不過他的律師幫他和法庭談妥條件。」

「他消失之後怎麼了？」

「郡政府拿走他的土地。就那樣。」

「現在他被找到了，土地要歸還他嗎？」

「不用。他永遠失去那塊地了。根據我爸的說法，郡政府打算賣掉那塊地，取得現金。」

「他能再得到保釋嗎？」

「不行，第一次棄保之後就不行。沒有哪個法官會給逃犯保釋的。」

「蒙特老師，我們可以再去看一次審判嗎？」瑞卡多問。

蒙特老師微笑說：「我只能說，我們可以試試，但我想短期內不會開庭吧。」

「眞不知道他們是怎麼抓到他的。」布萊恩說。

你絕對猜不到的。西奧對自己說。

下午自習課時，西奧問蒙特老師是否可以讓他離開幾分鐘，他得去跑腿辦點事。蒙特老師狐疑地看著他，但還是同意了。有時候西奧會招惹一些麻煩事，但他從來不會做什麼壞事。

西奧在遊戲場上找到胡立歐，他又在玩足球。胡立歐暫時下場休息，站到西奧身旁，一邊看著球賽。「巴比那邊怎麼樣？」西奧輕聲問。

「嗯，我昨晚遇到他。我轉告了你的意思，他眞的很緊張。他不知道自己爲什麼會牽扯上一宗謀殺案的審判。這對他沒有好處只有壞處，他眞的不在乎什麼達菲能不能被關進牢裡。還有，他眞的很擔心他媽媽。」

「這也不怪他。」

「西奧，你知道嗎，如果達菲永遠不要被抓到會比較好。」

「也許你是對的。」西奧說著，突然又感到內疚。不過，內疚什麼呢？他發現逃犯，他做了對的事。「你跟巴比說，沒事的。好嗎，胡立歐？他要和警方合作才行。」

「或許讓你去說吧。」

「我會的。」

他走回教室，埋怨自己爲什麼涉入這麼深。別人的事他卻去淌渾水，現在多希望當初沒那樣做。達菲這齣大戲一定又會風靡全城，隨之而來就會有一些壞蛋到處窺探。如果風聲洩漏，讓人知道抓到達菲是因爲西奧和艾克，那麼事情可能會變得很嚴重，而巴比‧艾斯科巴可能隨時會消失。

放學後，西奧到布恩&布恩法律事務所報到。艾莎對他說，他身上這件襯衫上週已經穿過兩次，她都看膩了。西奧謝謝她的指教，走向事務所後方他那間原本是倉庫的辦公室。趁著大家都在忙，西奧把法官留在辦公室，然後從後門溜走，騎上腳踏車前往市區，在主街上的高孚優格冰淇淋店與愛波‧芬摩碰面。

西奧點了他最喜歡的巧克力口味，上面鋪滿壓碎的奧利奧餅乾。愛波從來不點一樣的東西，她是個藝術家，很有創意的那種人，總是喜歡嘗鮮。西奧無法理解她這一點，愛波也不明白爲什麼西奧這麼墨守成規。他的作息完全按照時鐘來，很少嘗試新事物，這點他歸咎於父母。西奧不耐煩地等著愛波試吃了三種口味後，她終於挑了開心果加核桃口味。

核桃？但西奧沒說什麼。他們在最喜歡的隱密位置就坐，愛波一開口就堅定地說：「我想知道你上週四和五爲什麼沒來學校。」

「我不能說。」

「你最近的行爲很奇怪喔，西奧。怎麼回事？」

愛波是能夠保守祕密的朋友。她來自破碎的家庭，家裡很多事都很奇怪，很多蠢事要是被人知道就會非常丟臉，所以她從小就學會沉默是金。她也察覺得出有什麼麻煩事。如果西奧在擔心或害怕，或是心情惡劣，交給愛波就對了，她通常用這句話「好了，西奧，怎麼回事？」來一一鎖定。他一向會告訴她，每次說完都覺得好多了。她也會跟他訴說心事，通常是家裡的事，但也會說她夢想離開這裡，或是成爲旅居巴黎的偉大藝術家。大多數男孩對這種夢話沒什麼耐性，不過西奧和愛波很要好，他一向願意聆聽。

他吃了一口，用餐巾抹掉嘴唇上沾到的一些餅乾，看看四周，確定沒有別人在聽才說：

「嗯……你看到彼得．達菲被捕的報導了嗎？」

「當然。新聞那麼大。」

「實際情形是這樣的。」

他什麼都跟她說了。

「但是，西奧，你所做的事很勇敢而且值得表揚，你有責任把殺人嫌犯送去受審。看到他、認出他是誰的時候，你只能那樣做，別無選擇。我以你爲榮。我無法想像有哪個小孩能像你那樣做。你抓到他兩次耶。」

「但要是他知道我是誰呢？他被銬上手銬帶走時，如果你看到他臉上的表情，你也會很害怕的。」

「他不會傷害你啦。他自己的麻煩已經夠多了。而且，我很懷疑他是否能認出你來。你從來沒和他見過面呀。你只是他在機場看到的一個十三歲小孩，那時候他一定很震驚。這方面不用擔心啦。」

「好吧，那巴比．艾斯科巴呢？就快坐上證人席了，他可能嚇壞了。我眞的把他的人生弄得很複雜。」

「他也是關鍵證人呀。你得相信警察會保護他們的關鍵證人，不是嗎？」

「我猜是吧。不過達菲養了一些惡棍，我在第一次開庭時遇到他們，現在他們可能還在這附近。」

「可能沒有。他們可能在達菲逃亡的時候就溜走了。就算他們還在這裡，傷害你有什麼好處嗎？你只是個小孩。如果他們揍你一頓，對達菲的審判有什麼好處？」

「我不在乎是不是會被打啦。」

「放輕鬆，西奧，你想太多了。」

「好啦，還有一件事要擔心。講起來可能還早得很，但我眞的想過。要是達菲受審後被定罪，法官判他死刑，將來有一天他被送去深岩監獄的死牢，手臂挨上一針，然後就死掉了。如果他們處決他，那我也有責任。」

「聽著，西奧，你不是一直說你相信法律嗎？」

「當然。」

「而這個州的法律是，如果一個人被定罪爲蓄意殺人，就可以判死刑。這我並不同意，但法律就是這樣。沒有人會因爲你遵守法律而責怪你。」

西奧吞下一些優格冰，試著想些別的事來擔心。一時想不出來，於是他說：「你不贊成死刑嗎？」

「不同意，我認爲那很糟糕。你別跟我說你要國家去殺人。」

「說眞的，我不知道。我爸爸贊成死刑，我媽媽和你一樣。他們爭論這件事，兩邊意見我都會聽到。對連續殺人犯、恐怖份子，你認爲要怎麼處理？」

「那就是爲什麼我們要有監獄呀，把壞人關起來，和我們隔開。」

「那如果他們證明彼得・達菲勒死他太太，就爲了拿到一百萬美元的保險賠償，你覺得他應該被送進監獄關一輩子嗎？」

「是的。你認爲他們應該怎麼處置他呢？」

「我不知道，我得想一想。不過，如果他養的那些壞蛋來追我，我就贊成死刑。」

「西奧，放輕鬆。你擔心過頭了。」

「謝啦，愛波。每次和你談過後，我就會感覺好多了。」

「朋友是拿來幹嘛的，西奧。」

「還有，請你不要對任何人說。」

「不要再擔心了。」

艾克也不擔心。星期一下午，西奧和法官照例來訪時，他正啜飲著啤酒，一邊聽著老歌。

「有什麼消息嗎？」西奧問。艾克會和一些老傢伙一起喝酒、打撲克牌，那些人當中有退休法官和警察，甚至還有一些介於黑白兩道的人物，他們從來沒有被警方逮捕或接受法院審判。在蒐集小道消息這方面，他很自豪。

「謠言說，達菲不會對引渡有意見，可能再過幾天他就會回來了。看來情勢對這老傢伙不利，他破產了，或許不再請得起克利弗·南斯或其他有才華的律師。他賠掉保釋金一百萬美元，威佛利溪區那棟好房子也快變成銀行的囊中物。」

「誰會是他的律師？」

「我不清楚。他會找到人的。有些急著出名的律師會很想接到大案子。西奧，如果你是鎮上的年輕律師，你會接他的案子嗎？你說過你想當個響噹噹的辯護律師。」

「我想不會。看來他是有罪的。」

「沒有被證明有罪之前，他是清白的。律師不是都能挑案子的，再說，大部分刑事被告都有罪，但總得有人代表他們辯護。」

「他潛逃是有罪的，這就可以判十年了，哪個律師來都無法扭轉逆勢。」

「沒錯。我有個預感，達菲可能會要求協商，認罪減刑。他承認謀殺罪，避掉審判，換取州政府同意免除死刑。一向都是這樣。他在獄中度過下半輩子，監獄本來就是他應該去的地方，但至少還能活著。」

「艾克，監獄有多糟？」西奧謹慎地問。這個話題一向是禁區。

艾克向後仰，把腳翹在桌上。他從瓶子裡喝了一小口啤酒，想了好一陣子。「西奧，你可以說我算是很幸運，因爲我不是被關在可怕的監獄裡。你知道，監獄都很糟，因爲你被關起來，被外界忘記。我失去了所有東西，包括我的家人、我的名字、別人的敬重、我的職業、我的自尊，什麼都失去了。關在監獄時就會想這些，所有你以爲理所當然的事。那很慘，就是一個慘。不過，我待的那個地方對我們並沒有很糟。當然會有暴力，可是我從來沒受傷。我交到朋友，認識了一些在那裡待了很久的人，他們生存下來了。我們有工作、有收入，讀好幾千本書，可以看報紙和雜誌、看電視，有時候可以看幾部老電影、寫寫信、做運動。食物很難吃，但我在監獄裡還比較健康，因爲不抽菸喝酒、每天慢跑。」他又喝了一小口，盯著一面牆。「達菲要去的監獄就糟多了，但還是個他能生存的地方。如果他被判死刑、等著被處決，就會關在單人牢房，一天二十三小時。西奧，沒有比這個更糟的了。如果我是達菲，我會乞求認罪協商，避開死刑。他會活著，那就比什麼都還值得了。」

「州政府會答應他認罪協商嗎？」

「不知道，現在預測還太早。傑克・荷根是很能幹的檢察官，由他來決定。」

「我眞的很想再旁聽這次的審判。」

「很抱歉，輪不到你來決定。」

艾克桌上的電話響了，他看了一下來電者身分。「我得接這通電話。」

第12章

兩天後，新聞在斯托騰堡傳開。彼得．達菲同意引渡，已經在回來的路上。星期三的晚間新聞頭條是達菲先生抵達，一組電視台記者遠距離拍攝到他從一輛沒有標誌的汽車後座裡出來，並迅速閃進監獄側門的畫面。他上了手銬，腳踝明顯也上了鍊條。他戴著帽子和太陽眼鏡，被警察團團圍住。只是短短一瞥，就足以讓西奧興奮不已。

他和爸媽一起收看新聞。這時已經過了他的就寢時間，但是他們故意不理會時鐘，因此西奧才能夠看到最新消息。記者表示，根據一個不具名的消息來源指出，達菲先生會在星期五首度出庭。

西奧開始計畫用什麼方法可以不去學校，改上法庭。

「西奧，看到這個的感覺如何？」媽媽問。

西奧聳聳肩，不太確定自己的感受。

她說：「要不是你，達菲現在就會在南美洲了。自由之身，而且可能下半輩子都不用擔心被抓。」

一方面，西奧有點希望達菲是在那裡，但另一方面，又很興奮看到他回來城裡面對另一次審判。西奧說：「我知道在證明他有罪之前，我們應該假定他是清白的。可是現在很難這麼相信。如果他是清白的，又何必那樣逃走呢？」

布恩太太說：「是很難相信，因爲他犯了潛逃罪。這很明顯。」

「艾克認爲他會請求認罪協商。」西奧說。

「我很懷疑。」布恩先生說，他總是急於反對艾克的想法。「他怎麼會同意接受無期徒刑、永遠關在牢裡？」

「爲了保住他項上人頭啊。」布恩太太說。她總是急於反對丈夫的想法，至少在法律事務上是如此。「伍茲，他面對的可是死刑啊。」

「這我知道。」

記者走了幾步去和傑克．荷根打招呼，他是斯托騰郡的資深檢察官。她詢問荷根先生關於達菲在華盛頓特區被捕的細節，但荷根說他無法談論此事。

有那麼一秒鐘，西奧無法呼吸。

接著她又問荷根，達菲會以什麼樣的罪名起訴。他回答，和之前一樣，首先是謀殺，現在當然還有潛逃。達菲何時會出庭？荷根回答，這還沒有決定。很明顯他不會多說什麼。最後記者謝謝他，便下鏡頭了。

「睡覺時間到了。」布恩太太說。西奧拖著沉重的步伐上樓，他的狗跟在腳邊。

法官毫無困難地在床底下睡著了，西奧卻怎麼也闔不上眼。漫長黑夜裡，不知何時西奧突然想到一個妙點子。蒙特老師要他們寫一篇十頁的研究報告，學期結束前要完成。西奧要寫的是刑事法庭開庭審判前的準備程序。這個階段中，律師們爲了占上風，會有各式各樣重要的操作手法。他們會爭論保釋的問題；他們會提案要改變地點，或是將審判移往別的城市；他們會大力爭辯哪些證據可以上呈陪審團、哪些不行。諸如此類。多數人不知道，早在審判開始前就有這麼多工作在進行。

不過，西奧會在他的研究報告中全部解釋清楚。還有，如果蒙特老師同意，西奧得花很多時間在法院。

他愈想愈覺得，這個想法眞是太棒了。

蒙特老師也很喜歡這個點子，見到西奧如此興奮，怎麼可能拒絕？那天是星期四。到了星期五，西奧通知老師，他得在一點十五分去法院，旁聽達菲被押送回斯托騰堡後第一次出庭。爲了準時到達，西奧必須向教體育的泰勒老師請假，還有蒙特老師自己的自習課。西奧和泰勒老師交涉了好一陣子，老師才讓步。畢竟是星期五下午，而且西奧通常可以不上體育課。他有氣喘毛病，必要時他常常用這一招達到目的。

所以，一點十分，西奧和艾克坐在法庭裡，一片興奮的交談聲，因爲有不少好奇的民眾也跑來看達菲先生。西奧認得大部分的事務官和法警。還有同樣那一群常在法庭出沒的無聊律師，他們表現得像是重要人物，實際上卻沒做什麼事。至少還有三名記者和幾個非值勤中的警察。在被告席上，克利弗．南斯先生和另外兩個律師在交談。檢察官那一邊，傑克．荷根先生和他的手下正在閱讀文件，從他們緊鎖的眉頭判斷，那些資料一定很艱澀難讀。

門打開了，兩個大塊頭法警走進法庭，後面是彼得．達菲，他穿著市立監獄的橘色連身囚服，戴著手銬和腳鐐。每個人都閉上嘴，不可置信地瞪大雙眼：眞的是他！抓到了！他曾經穿著昂貴西裝加上自信的神采，如今淪爲市立監獄裡卑微的囚犯。那個外表帥氣又打扮體面的紳士，現在滿臉鬍渣、頂著一頭染壞的金髮，看起來像個下流胚子。

法警迅速除去他身上的鐐銬。他揉著手腕，由他們帶著走向被告席的椅子。克利弗．南斯靠過去，俯身跟他說了些什麼，達菲狂亂地環顧法庭，很驚愕這麼多人來看他。他看起來既震驚又茫然，好像無法相信自己眞的回來了。

在欄杆後的旁觀席第一排，西奧瞥見達菲的手下之一，歐馬．奇普。

法警請大家肅靜，每個人都起立站好，亨利．甘崔法官從後面一扇門走出來。他敲了敲法槌，請大家就坐。他毫不浪費時間地看著被告說：「請你到法官席前面來。」

達菲站起來，走了幾步到法官席前面。他抬頭往上看，甘崔法官往下看。克利弗．南斯慢慢走到他的當事人旁邊。

「你是彼得．達菲？」法官問。
「我是。」
「歡迎回來。」
「謝謝。」
「你的律師還是克利弗．南斯先生嗎？」
「是的。」
「你仍然被控蓄意殺害你的妻子，米拉．達菲女士。你了解嗎？」
「我了解。」
「你要認罪，還是不認罪？」
「我不認罪，庭上。」
「你還被控潛逃罪。你和你的律師討論過這項起訴嗎？」
「是的，庭上。」
「那麼你認罪嗎？」
「不認罪。」
「謝謝。你可以回座了。」
達菲和南斯坐下。甘崔法官說，他要這個案子盡快結束，不會通融兩造任何一方延遲，他要盡快定下審判日。克利弗．南斯提到是否能有一場關於保釋的聽證會，甘崔法官打斷他的話。不行，達菲先生等待審判期間，必須日夜待在牢裡，保釋是不可能的。南斯似乎也料到了，其他的人也都知道。律師們一來一往地爭論他們需要多少時間準備。

西奧悄聲對艾克說：「我以為你說達菲這次請不起南斯。」

艾克悄聲回答：「什麼都有可能。大家都認為達菲破產了，但也許他偷偷藏了一些搜刮來的錢，也許南斯願意降價，好讓自己能走完這個案子。誰知道呢？」

艾克常會滔滔不絕地講些沒什麼根據的古怪論調。西奧懷疑他花了太多時間和那些退休的老哥兒們談論八卦，那些人都過氣了，特別喜歡臆測一些沒有根據的事。

西奧很小心。他的身體坐得很低，躲在前座那個人背後。他不想和彼得．達菲有任何眼神接觸。當然，被關在監獄裡的傢伙應該不會對他造成傷害，但西奧想要保持距離。上週六在華盛頓機場他們眼神交會過，說不定達菲還記得。當然，西奧當時做了些喬裝。他和艾克討論過這件事，然而艾克不是容易受到驚嚇的人。

在場的還有歐馬．奇普這樣的凶神惡煞，他常出沒於克利弗．南斯的辦公室，做些不能見光的勾當。他有個副手叫做帕可，就是這幫壞蛋。

聽證結束，西奧有兩個選擇：他可以騎上腳踏車衝回學校，或者向艾克提議，一起去附近街上的高孚優格冰淇淋店，他知道艾克不會拒絕，還會很樂意付帳。

西奧點的還是同樣的巧克力口味，再加上滿滿的奧利奧餅乾。艾克則點了小份的芒果口味優格冰，還有黑咖啡。「艾克，我想要問你一個問題。」西奧說著，挖了一大匙優格冰放入嘴裡。

「我想也是。」艾克說：「你總是有問題要問。」

「就我了解，審判之前的程序包括雙方必須提出一份證人清單給對方，對嗎？」

「沒錯。這叫做『揭露』。不只是證人的名字，還要附上他們的證詞摘要。」

「這樣巴比．艾斯科巴的身分就會被達菲和他的律師發現了。他們就會知道，檢方有個證人表示看到達菲在他太太被勒死的時間衝進家裡。對不對？」

「通常是的。」

「通常是？難道有例外嗎？」

「我想是有。回想以前我上場的時候，如果那個證人需要受到保護，檢方可以要求法官允許隱瞞證人的名字。這導因於幫派的案子，有些不利於黑幫老大的關鍵證人是他們組織裡的告密者。如果他的身分曝光，這個人很可能會被發現穿著水泥靴子沉在湖底。」

「有道理。」

「謝謝你的認可。關於這件案子，我猜傑克．荷根和警方會盡全力保密巴比的身分，直到最後不得不曝光的那一刻。」

「眞希望是這樣。我在法庭裡看到歐馬．奇普，這傢伙眞令人頭皮發麻。我想帕可一定也躲在某個暗處。如果他們知道巴比的事，那會很危險的。」

「西奧，我倒不擔心那麼多。荷根知道如果沒有巴比，這個案子根本無法重新開庭。你還記得第一次審判吧，檢方被打得落花流水，達菲幾乎要成功脫身了。荷根和警方會保護那個男孩的。」

「你覺得我要不要警告他？」

「不用，我認為你已經做得夠多了。這個情勢很危險，你不能再插手了。知道嗎？」

「我猜是吧。」

艾克伸手過去抓住他的手腕，深深皺著眉頭說：「聽我的話，西奧，不能插手，知道嗎？這不關你的事。」

「不完全不關我的事啊。要不是我勸他表弟胡立歐要巴比．艾斯科巴出面指認，他也不會被牽扯進來。而且，如果不是我在地鐵上認出達菲，我們也不會在這裡談這件事。」

「沒錯。做得好。現在該放下了，你可以去寫你的研究報告，我們會來旁聽審判，期待正義實現。站在邊線就好，可以嗎？」艾克放開他的手腕。

「好。」西奧不情願地說。

「現在，你得回學校了。」

「我可不這麼想，艾克。星期五下午耶，這星期我累翻了。」

「這星期累翻了？聽起來像是哪裡的工人在工廠裡做了四十小時的活。」

「哎呀，艾克，就算是少年律師也會累翻的啊。」

第13章

出了高孚優格冰淇淋店，在主街對面往東邊四個街口，另一場也是關於達菲案審判的會議正在進行。克利弗．南斯的豪華辦公室位在一棟曾是城裡最高檔飯店的建築物二樓。其實，南斯先生擁有整棟大樓，他那生意很好的法律事務所占去大部分空間。從高聳的拱形窗戶望出去，下方的街道、法院甚至遠處的河流都一覽無遺。這倒不是說他有時間欣賞景色，並非如此，他是個大牌律師，是鎮上的律師之中數一數二發達的。

他在桌邊啜飲咖啡，和一個名叫畢理蘭的年輕律師聊天，他是協助且聽命於南斯的眾多律師之一。南斯正在說：「甘崔法官中止第一次審判、要大家回家的隔天早上，他向我和傑克．荷根解釋，有個意外證人出面，提供發掘眞相的關鍵證據。他不願意透露那名證人的名字，也不願透露證詞的內容，完全把我們蒙在鼓裡。當時我們正在爲下次的審判做準備，而傑克．荷根在未來某一刻勢必得提供他所有證人的姓名。當然，一切尚未發生之前，我們親愛的當事人就逃走了。」

「我們還是不知道這個證人是誰嗎？」畢理蘭問。

「完全不知道。不過，現在我想我們很快就會知道了。」

「我們要怎麼做呢？」

「就要看那個人是誰、會說什麼了。」

「看來是歐馬的工作了。」

「還沒。但要提醒我去提醒他，威脅檢方的證人可是一條重罪。」

「歐馬知道這一點。」

畢理蘭的手機震動。他看了手機一眼，說：「嗯，說曹操，曹操到。歐馬在樓下，想和我們談談。」

「叫他上來。」

歐馬進了辦公室，在畢理蘭旁邊坐下。南斯不客氣地說：「我十分鐘後要開會，有什麼話快說。」

「好。」歐馬說：「我剛剛去監獄和達菲談。那個布恩小子今天下午在法庭裡，不知道他怎麼能蹺那麼多課，他和他那個瘋狂伯父都在場，我看到他們了。彼得也看到了，彼得發誓說，上週六在華盛頓機場被聯邦探員逮捕時，他們也在現場。他想不通爲什麼，不過如果你還記得，甘崔法官宣布審判無效的前一晚，我們看到他走進布恩&布恩法律事務所和那家人會面，包括那個小孩和他伯父。隔天，砰！審判無效。這裡面一定有鬼。」

「但布恩他們不是刑事律師。」南斯先生說：「我和他們還算熟。」

「也許不是他們，也許只是那個小孩。」歐馬說：「那個小孩和達菲案有關聯，他爸媽只是想保護他。」

「歐馬，你可不能到處跟蹤小孩。」畢理蘭說。

「那小孩知道神祕證人是誰。」歐馬說：「我打賭他知道。」

南斯和畢理蘭對看了一會兒。

歐馬繼續說：「而且，我賭那小孩和聯邦調查局找到彼得這件事一定有關。彼得被抓的前一週，他們就在華盛頓。」

「誰？」南斯問。

「斯托騰堡中學所有八年級生都去了，年度校外教學，一堆小孩在華盛頓遊蕩。可能有人看到了什麼。」

「那我們就不得不問了……」畢理蘭說：「彼得．達菲爲什麼在華盛頓？」

「現在煩惱這個太遲了。」南斯說：「你不要去跟蹤這個小孩，不可以和他接觸。但是，看著他。」

第14章

一個星期三下午，西奧正要離開學校，在腳踏車架區被同學伍迪攔下。伍迪顯然在煩惱事情，他說：「嘿，西奧，你認識動物法院的法官對吧？」

這問題別有涵義，西奧立刻就猜到伍迪是做了什麼淘氣的事。伍迪這人不錯，西奧喜歡他也信任他，不過他的家庭狀況比較亂，伍迪經常惹上麻煩，或是在麻煩邊緣。「認識啊。有什麼事？」

「呃……」伍迪看看四周，彷彿覺得會有警察在監聽。「明天下午我得去法庭一趟。我哥哥伊凡和我被告了。」

西奧慢慢從他的腳踏車下來，踢開腳架說：「是喔，是什麼事被告？」

「我媽媽和我繼父不知道這件事，西奧，我想保守祕密。」伍迪的家庭生活不穩定。他媽媽至少結過兩次婚，她的現任丈夫經常不在家。伍迪的親生父親是個石匠，他和現任妻子及幾個小小孩住在城裡。他有個哥哥犯過法。他問：「如果去動物法庭，一定要告訴父母嗎？」

「不一定。」西奧說。他差點補一句：告訴父母總是最好的。但他自己也經常有祕密不對爸媽說。「發生什麼事？」

「你聽過『昏倒羊』嗎？」

「昏倒羊？」

「對，昏倒羊。」

「沒有，我從來沒聽過昏倒羊。」

「呃，說來話長。」

隔天下午，西奧在斯托騰堡郡法院地下室一個狹小房間裡，伊凡和伍迪坐在他身邊，等著葉克法官就位開庭。他們坐在折疊椅上，面前擺著一張折疊桌，身後還有好幾個人，包括雀斯、艾倫和布蘭登，他們來這裡純粹出於好奇。隔著走道坐著一個生氣的男人名叫馬文·托爾，他是個農夫，穿著工作服，一件褪色連身牛仔褲裝與格子呢襯衫，靴子的鞋頭加了鐵片，鞋跟與腳踝處黏著厚厚一層永不脫落的泥巴。他後面有好幾個動物法庭的常客，那些人一直致力於從相當嚴厲的市政府捕狗隊手中，把沒繫狗鍊的狗兒搶救出來。

四點整，葉克法官從後面一扇門走進來，在法官席就坐。他一如往常穿著牛仔褲、牛仔靴，套著一件舊運動外套，也一如往常似乎對他的工作感到厭煩。他是全城最低階的法官，事實上，他是唯一願意兼任這份差事的律師，沒人把動物法庭當一回事。不過，西奧喜歡動物法庭，因爲這裡沒有那麼多規定，也不需要律師。任何人都可以出庭爲當事人辯護，包括自認是律師的十三歲孩子。

「西奧你好。」葉克法官說：「你家人好嗎？」

「他們很好，謝謝你，法官。」

葉克看著一張紙說：「好的，我們第一個案子是馬文．托爾先生，對上伍迪和伊凡．藍柏。」他看著那個農夫說：「你是托爾先生嗎？」

托爾先生站起來說：「是的，先生。」

「歡迎來到動物法庭，先生。你可以坐下了，這裡不用那麼正式。」托爾先生很不自在地點頭坐下。他顯然很緊張，感覺自己格格不入。葉克法官看著西奧說：「我想你代表的是藍柏兄弟吧。」

「是的，先生。」

「好的。托爾先生，你是申訴的一方，所以你先說。」

托爾先生說：「呃，嗯，庭上，我需要請律師嗎？如果他們有，那我也要有嗎？」

「不用，先生，這個法庭不需要。布恩先生也不是眞的律師，至少現在還不是。他比較像是法律顧問。」

「我需要一個像他一樣的法律顧問嗎？」

「不用，先生，眞的不需要。直接講你的事情吧。」

托爾先生滿意了，也比較自在一點，他開始說：「法官，我在城南有個小農場，養了一群特定品種的山羊來賣。有些人養來當寵物，有些人是爲了羊肉和羊毛而飼養。牠們不是典型的山羊，體型比較小而且容易照顧。大家叫牠們是肌強直性山羊，起因於一種叫做先天型肌強直症❹的肌肉疾病。這是我所知道的相關科學知識，不過有個情況是，牠們受驚嚇的時候，肌肉會僵硬、動彈不得，四肢伸直倒地，所以牠們比較常見的名字是『昏倒羊』。不是眞的昏倒，牠們還有意識，但大概會有十秒鐘的空白，之後就會站起來，一切正常。那只是肌肉疾病而已，和頭腦或其他什麼無關。」

「昏倒羊？」葉克法官說。

「是的，先生。在山羊界挺有名的。」

「嗯，抱歉，我不知道。那你要申訴什麼？」

托爾先生怒氣沖沖地瞪著伍迪和伊凡，繼續說：「星期一傍晚，我在屋子裡看報紙，我太太探出來頭來跟我說羊舍有騷動，羊舍在我們屋子後方約一百公尺，於是我過去察看，一走近就聽到笑聲。有人入侵我的土地，所以我去工具間拿出十二口徑散彈槍。走近羊舍後，

❹先天型肌強直症（myotonia congenita）是一種遺傳性肌肉疾病，表現症狀為肌肉在收縮後不能立刻放鬆。

我看到這兩個男孩在亂玩我的山羊，我觀察了幾分鐘。他們一個人在羊舍最尾端，另一個人靠在籬笆上錄影。其中一個小子，我認不出是哪一個，從水槽後面跳出來，大聲拍手，一邊吼叫、一邊衝向我的山羊，看見羊昏倒就哈哈大笑。山羊站起來之後跑開，他還在後面追，大吼大叫像個白痴，追到牠們走投無路之後又衝過去，羊倒下後就大聲鬼叫。」

葉克法官聽得興味十足。他看著西奧說：「所以這些都錄下來了嗎？」

西奧點點頭，是的。

「羊舍裡有幾隻羊？」葉克法官問。

「十一隻。」

「請繼續說。」

「接下來的事真的把我惹毛了。已經是一團亂，其中一個男生還點燃鞭炮往山羊丟過去。砰！十一隻全倒，腿部僵直，好像死掉一樣。這時，這兩個男生想逃跑，但我追著他們。他們看到我的槍，知道這場遊戲玩完了。我沒射他們算他們走運！」

「那些山羊後來站起來了嗎？」葉克法官問。

「是的，先生，站起來了，最糟的部分來了。我問了他們的名字和地址，接著把他們轟出去，大概一小時之後回到羊舍巡視，卻發現貝琪死了。」

「誰是貝琪？」

托爾先生拿出兩張放大的照片，其中一張交給法官，一張給西奧。一隻毛茸茸的白色山羊側躺著，看起來不是昏倒就是死了。

「那就是貝琪。」托爾先生說，聲調忽然變得柔軟。他們看著他，才明白他眼眶溼了。

「貝琪幾歲了？」葉克法官問。

「四歲，法官。我看著牠出生，是我養過最乖的山羊。」他用手背抹了抹臉頰，用更微弱的聲音繼續說：「牠的健康狀況很好，我養牠是因爲牠是很好的配種羊，現在卻死了。」

「你是不是要告伍迪和伊凡．藍柏殺了你的羊？」葉克法官問。

「在他們來之前，貝琪好好的。我不會讓我的羊昏倒，我猜有些人會，爲了好玩還是比賽，我不會。這兩個男生先是把牠們嚇得要死，接著我想，那鞭炮眞的是最後一根稻草。是的，法官，我認爲是這兩個男孩把貝琪弄死了。」

「牠値多少錢？」

「市價四百美元，但對我來說價值更高，因爲牠眞的是一隻很棒的母羊。」托爾先生漸漸平靜下來。

葉克法官不作聲好一陣子，最後終於說：「還有什麼要補充的嗎，托爾先生？」

他搖搖頭。沒有。

「西奧。」

西奧星期三晚上都在盤算他的論點，白天也幾乎在想這件事，他一開始就提出合情合理的說法：「法官，我的當事人在那裡當然不對。那不是他們的土地，他們顯然未經許可就潛入私人土地，這部分理應受罰。但他們無意做壞事。昏倒羊會那麼有名，就是因爲牠們會昏倒。托爾先生剛剛也說過，有很多飼主會讓牠們的山羊昏倒來取樂。上網看看YouTube，好幾十支影片裡，飼主或跳或叫或做出打開雨傘之類的動作，都是爲了要嚇唬這些羊，爲了讓羊出現預期中的反應，也就是昏倒！如此而已。」

「但這些羊不是你當事人的啊。」葉克法官插嘴。

「沒錯，法官，當然不是。再說一次，他們不應該在那裡的。」

「他們錄了影片？」

「是的。」

「我猜是要上傳YouTube，對吧。」

「是的，法官。」

「你有影片嗎？」

「有的，法官。」

「好，把影片放出來看看。」

西奧知道會播放影片，所以事先就準備好。影片很搞笑，他也準備好好利用它。一點幽默或許能軟化葉克法官的態度，也顯示讓昏倒羊昏倒沒什麼大不了。

他已經事先把影片存入他的筆電，並投射到一個較大的螢幕。他把電腦放在一張靠近葉克法官的折疊桌上，按下一個鍵。法庭裡每個人都稍微往桌邊湊過來。

影片內容：羊舍內建的欄杆裡有十一隻小山羊，其中幾隻黑、幾隻白，每隻羊都長著大大的銅鈴眼，看來都自顧自地活動。突然間，伊凡·藍柏從水槽後面跳出來拍手大叫，朝著吃驚又不知所措的羊群衝過去。好幾隻山羊的腿僵住、翻倒在地；有些則是慌亂地小跑步，伊凡在後面追趕，像發瘋似的嗚嗚亂叫，並伴隨著笑聲。他朝著其中一隻羊逼近，跟著牠到處跑，直到那隻羊決定還是昏倒比較安全，應聲倒地。其他幾隻羊站起來，狂亂地互相咩咩叫。伊凡繼續折磨牠們，同時也可以聽到持攝影機的伍迪無可遏抑地大笑。

的確是很好笑，法庭裡大部分的人都忍俊不住。特別是伍迪、伊凡、雀斯、艾倫和布蘭登，他們都捧腹大笑。至於律師西奧，他盡量讓自己板著臉孔看這段錄影，部分原因是他已經看了很多次。葉克法官覺得很有趣，托爾先生則沒有。

影片內容：動亂平息一陣子，這時山羊都站了起來，牠們聚在一起以策安全。伊凡從口袋裡掏出一個東西，就是鞭炮。他咧開嘴對鏡頭笑，然後點燃鞭炮，往慌亂的羊群附近一丟，聲音聽起來像大砲，十一隻羊全都倒下，短短的腿像棍子一樣僵硬伸直。伊凡笑彎了腰，還可以聽到伍迪又在鬼叫。

影片結束。

大家挪回自己的座位，葉克法官等大家安靜下來，深吸一口氣。最後他說：「請繼續，布恩先生。」

「我想讓伊凡．藍柏提出陳述。」西奧說。

「很好。」

伊凡在椅子上坐直並清清喉嚨。他十五歲，但是身高與弟弟差不多。好笑部分已經消失無蹤，伊凡不太有自信地說：「嗯，法官，就像西奧說的，我們不應該去那裡。那是我的主意，上星期我看到一段 YouTube 影片，於是伍迪和我開始尋找昏倒羊。我們搜尋電話簿，找到幾個山羊牧場，接著找到了托爾先生。我們只是想看看山羊是不是真的會昏倒。你知道，網路上的東西不能全信，我們只是覺得好玩。大概是這樣。」

「你將影片上傳了嗎？」葉克法官問。

「沒有。托爾先生說，如果我們上傳，他就要讓我們吃子彈。」

「我會的！」托爾先生在六公尺外怒吼。

「夠了。」葉克法官說：「西奧換你。」

「是的，法官，我想讓我的當事人伍迪．藍柏做出陳述。」

伍迪比哥哥來得自負，他一點都不懊悔。之前西奧就提醒過他了，要是說出什麼魯莽的話，會對他們的案子不利。西奧警告他不只一次，要裝出抱歉的樣子。

伍迪開口說：「當然，這件事我們眞的很抱歉，我們並沒有要傷害任何人或任何羊的意思。法官你知道嗎，田納西州每年都會舉辦昏倒山羊節。我發誓，他們把自己的山羊帶去參加節慶，然後整整三天都在試著讓羊昏倒，我想他們甚至還有比賽頒獎。所以我們做的事並不是那麼壞。不過，我同意，我們錯了。」

「那貝琪呢？」法官問。

「誰？」

「死掉的那隻羊。」

「噢，那隻。」伍迪回答：「法官，我們當時和托爾先生談了很久很久，離開時，他的羊還好好的。我們並沒有害死哪隻羊。如果有一隻羊後來死掉，怎麼能怪到我們頭上呢？」

「你們讓牠心臟病發。」托爾先生說：「這是事實，就像我現在坐在這裡一樣眞實！」

西奧說：「但是，法官，沒有證據能證明這一點，並沒有驗屍報告。如果要確認牠的死因，那是唯一的辦法。」

「你想爲一隻山羊驗屍？」葉克法官問，高高挑起眉毛。

「不是，我沒有那樣說，法官，那花費會高於牠的市價。」

葉克法官搔搔他的鬍渣，似乎陷入深思。過了一會兒他說：「你得承認，西奧，這看起來很可疑。山羊本來好好的，放了鞭炮之後，牠們全部嚇得四腳朝天。」

「牠們只是昏倒，法官，後來牠們都站起來，也都忘了這件事。」

「你怎麼知道牠們忘了？」

「呃，我想我眞的不知道。」

「西奧，你要小心說話。」葉克法官教訓他。「律師的壞習慣就是誇大不實。」

「抱歉，法官，不過指控我的當事人殺害一隻山羊，這的確有點誇張。根據我們的法規，殺害農場動物是最高可判五年徒刑的重罪。你眞的認為伍迪和伊凡應該被關五年？」

伍迪瞪大眼睛看著他，好像在說：「你幹嘛提這個？」

伊凡看著他，好像在說：「做得好，大律師。」

葉克法官看著托爾先生問：「你希望這兩個男孩被送進監獄嗎？」

托爾先生回嘴：「我可不在乎。」

葉克法官看著藍柏兄弟問：「你們父母知道這件事嗎？」

兩人斷然搖頭表示不知道。伊凡說：「我們不想讓爸媽知道，他們的問題已經夠多了。」

葉克法官在一張法律用紙上塗塗寫寫。法庭靜悄悄的，每個人都深吸了一口氣。西奧來過這裡很多次，他知道法官在想折衷方案，可能會樂意採納他的想法。他說：「法官，如果你不介意的話，我是否可以提供一個建議？」

「當然可以，西奧。」

「若是談刑期，有點太嚴重了。我的當事人都還是學生，把他們丟進監獄不會有幫助，而且他們的父母並不知情，也沒有錢可以付罰款。就非法入侵這件事來說，或許可以判他們在托爾先生的農場做幾小時的勞動服務。」

托爾先生脫口而出：「我不要他們來我的農場。要是來了，我的羊還會是原樣嗎？」

西奧看著伍迪，伍迪遵照指示起身說：「托爾先生，我和我哥哥對這件事情眞的非常遺憾。我們錯了，我們不該進入你的土地，現在也知道擅自入侵是有罪的。我們只是去玩，無意造成任何傷害。我們向你道歉，你要我們怎麼補救，我們都會照做。」

在葉克法官的法庭裡，眞誠的道歉很管用。

托爾先生是個心胸寬闊的好人。會飼養昏倒羊的人，有誰不是一派輕鬆自在？不過，他還是表情凝重地盯著地板。伍迪坐下。

葉克法官看著托爾先生問：「你的農場有多大？」

「兩百畝。」

「嗯，我是在農場長大的，我知道農場裡總是要清理雜樹叢、要砍柴來燒。你一定可以找些粗重的工作給這兩個男孩做，讓他們離羊圈遠遠的。」

托爾先生開始點頭，幾乎在微笑，似乎恰好想起農場上已經丟了很久沒動工的某些苦差事。他說：「我想是吧。」

葉克法官說：「我們就這麼辦吧。你們兩個犯了非法入侵罪，不過不會留下犯罪紀錄。既然你們沒錢，我就不判罰款。你們的刑罰是每個人在托爾先生的農場服二十小時勞務，下個月執行。如果你們沒有出現，或是沒有做到他要你們做的事，我們就回到這裡再見一次面，到時候我不會那麼好說話的。還有，離山羊遠遠的。這樣可以嗎，托爾先生？」

「我想是吧。」

「西奧有什麼問題嗎？」

「沒有，先生。」

「好。下一件。」

PART 2

二次審判

第15章

星期一清晨，西奧被雷聲和打在臥房窗上的雨給吵醒。外面一片黑漆漆，還不到該醒來的時候，不過他近來睡得不好。他瞪著天花板，陷入沉重的思緒，忽然感覺到床邊有東西在動。「好啦。」他說，然後就往旁邊挪動，讓法官爬上他的床。法官不喜歡打雷，比起躲在床下，躲進被窩感覺安全多了。

壞天氣會影響判決嗎？西奧不太確定。或許旁聽的人會少一些，但這也不一定。法庭會塞滿人的。自從達菲在華盛頓特區被捕的那天起，城裡人議論的話題就幾乎沒有別的。

西奧會去法庭嗎？這是個大問題。蒙特老師請求校長葛萊德威爾女士，讓他班上同學和上次一樣在開審日去旁聽，不過這個要求被拒絕了。男孩們還有其他課要上、其他事得做，再說，要是准許一整個班級出校那麼久也不公平。西奧實在很生氣，蒙特老師也是，可是也沒辦法。

達菲謀殺案的第二次審判比第一次還要盛大。葛萊德威爾校長怎麼能不了解這一點呢？比起再花一天在課堂上吃力學習西班牙文或化學，男生們在法院學到的會更多。顯然他們是沒辦法一起去了，西奧立刻開始密謀擺脫學校的辦法。他想過再裝病一次，而且這次不是他慣用的假咳或肚子痛，或是把小毛巾放在暖爐上加熱，再貼上自己的前額假裝發燒。這些伎倆行不通了，主要是因為他爸媽已經看過太多次。他上網查過流行性感冒的症狀，還有鏈球菌咽喉炎、百日咳，甚至盲腸炎，才明白這些病又太嚴重而沒辦法假裝。而且，他媽媽會堅持要他在床上躺好幾天。他想過請要好的盟友甘崔法官出馬，想辦法說動甘崔法官說自己非出現在法庭不可，也許他會在某些地方派上用場。西奧也和艾克談過另一個計畫，讓艾克把他帶出學校說要參加葬禮，不過他又想起這把戲已經用過了。最後，他說服蒙特老師介入此事，寫信請求校長允許西奧去看第一天的審判，他回來就可以在公民課報告給同學聽。葛萊德威爾校長勉強同意，前提是要取得西奧父母的同意。

到這兒他就碰到難關了。他爸媽覺得西奧已經漏掉太多課。通常他們的意見相左，一個說東，另一個就會說西，反之亦然。但這次他們意見一致，西奧目前還沒辦法說服他們。

他無法想像自己錯過這場審判。

雨停了，天色漸漸亮了。他沖了澡、換衣服、刷牙，仔細端詳他厚重的牙套，終於下樓準備再戰最後一回合。他爸媽在廚房桌邊喝咖啡、看報紙。爸爸穿著平常穿的深色西裝，媽媽則還穿著睡衣和睡袍，氣氛好像很緊繃。大家互道早安，西奧坐在椅子上等。他們似乎沒有注意到他。

尷尬了幾分鐘之後，他媽媽說：「西奧，你不吃早餐嗎？」

「不要。」他莽撞地回答。

「爲什麼不要？」

「我要絕食抗議。」

他爸爸聳聳肩，笑著瞥了他一眼，然後很快地收起笑容，繼續看報，像是在說：「你想挨餓的話就餓吧，兒子。」

「你爲什麼要絕食抗議呢？」媽媽問。

「因爲你們這樣不公平，我討厭不正義的事。」

「我們已經討論過了。」爸爸的視線沒有離開報紙。西奧常常很驚訝他爸媽花這麼多時間看當地的報紙，斯托騰堡眞的有那麼多吸引人的新聞嗎？

他媽媽說：「不正義是很嚴重的措詞喔，泰迪。」

西奧回答：「請不要叫我泰迪。我已經長大了，不適合那個名字。」這話聽起來太苛刻，媽媽有點難過地看著他，爸爸用力瞪了他一眼。就這樣劍拔弩張地過了一會兒，西奧玩著大拇指，法官抬頭看著，顯然是餓了。

爸爸翻了一頁報紙，終於問：「你要絕食抗議多久？」

「到審判結束。」

「那法官怎麼辦呢？你和牠討論過嗎？」

「有，我們談了很久。」西奧說：「牠說牠還是置身事外比較好。」

「那好。」爸爸放低報紙，看著西奧。「我就直說吧。今天晚上我們要去你最喜歡的義大利餐廳羅畢里歐，我可能會點義大利麵和肉丸子，或是菠菜牛犢餡的餃子，當然，這是在前菜莫札瑞拉起司和烤番茄之後。你媽媽有可能會點海鮮天使細麵或烤茄子。餐廳還會送上一籃他們有名的大蒜麵包，我們可能還會吃他們很受歡迎的提拉米蘇當甜點。那段時間你都會坐在那裡看著我們吃，聞著大蒜麵包的香氣，看著服務生忙著送來一盤盤美味可口的食物，但你無動於衷，只是小口喝著冰開水。這就是你的意思嗎，西奧？」

西奧突然餓了起來，口水快流出來，胃在絞痛。他幾乎聞到每週一晚上走進羅畢里歐餐廳就能聞到的美妙香氣，不過他還是說：「你說對了。」

「別傻了，西奧。」媽媽說。

爸爸說：「想想我們能省下多少錢吧。羅畢里歐的冰開水免費，還有午餐的錢。」

法官伸出一隻狗掌耙著西奧的腿，好像在說：「喂，老弟，我可沒有要絕食抗議喔。」

西奧慢慢起身，開了冰箱。他拿出一瓶全脂牛奶；他和法官都受不了低脂牛奶。接著他從櫥櫃裡拿出圈圈穀片。他把穀片倒進碗裡時發覺一件事，爸爸把報紙稍微放低大約三公分，剛好可以和媽媽的眼神對上，然後不懷好意地咧嘴一笑。

他心想，有詭計。他們在演戲。

西奧把碗放在地上，回到桌邊的座位獨自挨餓。太安靜了，他決定開啓另一場嚴肅的討論，反正他也沒別的籌碼了。「我要重申一次，我不覺得讓我去旁聽審判會有任何危險。你們都知道這是斯托騰堡史上最大的審判，也許是我們有生之年所能看到最重大的審判，要我錯過實在太不公平了。就我看來，我也算是有參與這個案子，因爲如果不是我，根本不會有這次的審判。彼得．達菲會在南美洲，警方永遠不可能找到他，殺人凶嫌就會逍遙法外。但結果並非如此，多虧我本人，多虧我敏銳的觀察力，還有我連續兩次認出逃犯的卓越眼力，我們，也就是這個城鎮及斯托騰郡的人們，才得以見識到我們的司法系統採取行動。全都是因爲有我。而且，對於這個案子，我知道的可說是比誰都多，是我找出檢方的明星證人巴比．艾斯科巴。」他的喉嚨緊緊的，剎那間他的嘴唇在顫抖。但是，他不會讓他們稱心如意地看到自己崩潰。「這根本不公平，我要說的就只是這樣，我眞的認爲你們應該重新考慮。」

他雙手交叉，瞪著桌面。爸媽埋首在報紙裡，好像什麼都沒聽見。最後媽媽說：「伍茲，是不是要重新考慮，你認爲呢？」

「我沒問題。」

她看著西奧，綻開充滿母性光輝的微笑，彷彿讓一切都變得溫暖而愉悅。「好吧，西奧，我們重新考慮了，不過只限今天，一言爲定？」

西奧感到好激動，但是他沒有亂了陣腳而答應任何條件，他知道這星期的後面幾天當巴比·艾斯科巴出庭作證時，自己一定要在法庭裡，雖然還不清楚要怎麼辦到。他立刻跳起來擁抱媽媽，說了十幾次謝謝，然後去拿圈圈穀片。

「我想，絕食抗議結束了是吧。」爸爸說。

「沒錯。」西奧說。而且這招很有效，以前他從沒用過絕食來打敗爸媽，不過就在剛剛，他把這招加入他的絕技法寶袋。身爲家中獨子的好處之一是，爸媽不用擔心要訂什麼可笑的家規讓所有孩子遵守，他們可以比較有彈性，而西奧知道如何和他們過招。

第16章

八點半，蒙特老師的導師時間，西奧坐在自己的位子上盯著時鐘，看著秒針慢慢掃過一圈，等待鐘聲響起好開始他的一天。他提早到校，請求蒙特老師大步走進葛萊德威爾校長的辦公室，請她讓西奧．布恩跳過導師時間、直接去法院，法庭裡一定已經擠滿了人。但蒙特老師不答應，他覺得他們已經麻煩校長太多了。他要西奧稍安勿躁。

鐘聲終於響了，全班各就各位。艾倫舉起手說：「我覺得不公平，西奧可以去看今天的審判，我們卻不行。你們這是怎樣啦？」

蒙特老師沒心情爭論。「沒有怎樣，艾倫。」他說：「西奧今天去旁聽審判，明天會在公民課向我們報告一切。如果你不喜歡這樣，那麼你可以寫一份三頁的報告，主題是『無罪推定』❺，明天向大家報告。」

艾倫不再問問題，也沒話要說。

❺「無罪推定」是指未經審判證明被告有罪之前，應先推定被告無罪。參《西奧律師事務所：不存在的證人》六十三頁註❼。

蒙特老師說：「西奧，你該出發了。葛洛莉雅小姐那裡有你的通行證。」

在伍迪及幾個愛起鬨同學的噓聲與鼓譟聲中，西奧衝出教室。葛洛莉雅小姐在學校接待櫃檯工作，而且自認爲整個學校都歸她管。她要處理生病的學生、沒病卻極力裝病的學生、怒氣沖沖的家長、疲憊的老師、嚴格的上司（葛萊德威爾校長），以及所有承受極大壓力的人，儘管工作吃力不討好，她的臉上還是努力保持微笑。西奧曾提供她兩次免費法律諮詢，以後他也很樂意再幫忙，因爲葛洛莉雅小姐有辦法讓他溜出學校。這星期的後面幾天很可能需要她協助，不過今天他提早離校是得到許可的。她給西奧一張正式通行證，有了這張就安心了，要是在城裡遇上專找蹺課小孩的惹人厭巡警也不用怕。他們抓過西奧兩次，幸好兩次都能搬出一套說法來擺脫麻煩。

他跳上腳踏車，往市中心飛馳。審判會在九點準時開始，甘崔法官的法庭可是一絲不苟的。西奧心想，旁聽席一定已經坐滿。兩家電視台的記者們早在法院前方架好攝影機，一小群人在那裡忙碌奔走。西奧將腳踏車停得離他們遠遠的，靠在腳踏車架上鎖好。他從側門進入，三步併兩步爬上一道鮮少使用的狹窄樓梯。他和財物保管室裡的一名辦事員打招呼，腳步卻沒停下。他蛇行穿越幾間小辦公室，和另一個辦事員聊了幾句，找到一條通往陪審團商討室附近樓梯間的暗黑走道。他屏住呼吸，打開一扇開向法庭的大門。正如所料，裡面已經塞滿了人，他們的興奮之情在法庭裡沸騰。艾克揮手叫他過去，西奧勉強擠進伯父身邊的小空隙。他們在檢方席後面第三排，傑克．荷根檢察官與他的團隊正忙著開審的準備工作。

法庭另一邊，彼得．達菲和克利弗．南斯及另一位律師坐在被告席。達菲在獄中等待審判期間，先前染成金色的頭髮現在已經變回原本的顏色，比起上一次，黑髮中摻雜了更多白髮。他穿著深色西裝，搭配白色襯衫和領帶，看起來像個律師。

「有碰到麻煩嗎？」艾克問。

「沒有。我爸媽今天早上改變主意了。」

「不意外啦。」

「你和他們談過嗎？」

艾克笑笑，沒說什麼。西奧懷疑伯父前一晚打過電話勸伍茲和瑪伽拉．布恩，讓他們知道西奧天生屬於法庭。

法官席後方牆面上的大鐘指向九點整，一位法警起立，以渾厚的聲音喊：「全體肅立。」大家立刻站了起來，幾個遲到的人正手忙腳亂找位子。甘崔法官從法官席後面的那扇門現身，法警繼續喊：「注意、注意，第十區刑事法庭現在開庭！首席大法官亨利．甘崔就位。所有持紛爭者請向前。願神庇佑本庭！」

甘崔法官身上一襲黑長袍在身後揚起，隨即在高起的法官席入坐，並說：「請坐下。」西奧看看四周，沒有任何空位，包括第一次審判時他和同學們坐的那個看台。

這次審判與上次不同。第一次審判期間，城裡人普遍認爲彼得．達菲殺了他太太，但州政府很難證明這點。他的金牌辯護律師克利弗．南斯會在州政府這件案子上用力戳出幾個漏洞，製造足以讓當事人脫身的疑點。不過現在重新開審，大家強烈相信達菲犯下謀殺罪，就等著入死牢。每個人都知道他潛逃，那表示他一定有罪！即使西奧這麼強烈相信無罪推定原則，也無法強迫自己將達菲視爲清白的人。

根據艾克的說法，克利弗．南斯不屈不撓地試著和傑克．荷根談認罪協商的條件，讓達菲承認謀殺與潛逃，換來坐牢二十年。他四十九歲，如果順利熬過刑期，說不定還能以自由之身活好幾年。至於荷根，根據艾克的說法，他不肯妥協，最多只願意接受終身監禁不得假釋，達菲會死在監獄裡，不是關到死就是執行死刑。艾克認爲達菲應該接受這個條件。他說，多數囚犯過的牢獄生活與關進死牢這兩者有很大的差別。

甘崔法官指示法警將陪審團帶進來。一扇門開了，陪審員排成一列走進陪審團包廂，庭內一片肅靜，陪審員是一週前在不對外公開的法庭內決定的人選，他們有十四個人，其中十二位是常態陪審員，另外兩位則是在有人生病或必須退出時輪流上場。大家仔細看著這些人入座就定位。斯托騰堡是一個人口只有七萬五千人的小城市，西奧以爲自己認識幾乎所有人。不過，這些陪審員他一個都不認得。艾克說他認識六號陪審員，是一位在市中心銀行工作、很有魅力的中年女子，其他人就不認識了。

甘崔法官花了幾分鐘詢問他們，他關切的是「不當接觸」，是否有人和他們談過這件案子？諸如此類。法官都會這麼問，而陪審員總是說沒有。然而這個案子情況特殊，彼得．達菲有錢，歷經這麼多波折，沒人清楚他目前到底有多少錢，再加上他的處境如此不利，什麼手段都使得出來。

傑克．荷根起身，走到陪審團前的小講台。他又高又瘦，每天都穿著同樣的黑西裝，是個非常受人敬重的資深檢察官，西奧在法庭裡看過他很多次。他聲調愉悅地開場：「陪審團的各位先生女士早安。」接下來再次介紹自己，並請他的團隊站起來。荷根不是花稍的人，但他成功破冰，讓陪審團不那麼緊張。他解釋自己的工作只是在呈現事實，讓他們決定這個案子的結果。

事實如下：米拉．達菲，四十六歲，被勒死於自家客廳，她家位於威佛利溪社區高爾夫球場六號球道旁。在這個案子裡，高爾夫是關鍵。她的丈夫，被告彼得．達菲，當時正在打高爾夫，獨自一人，和平時一樣。荷根走到檢方席桌邊，往筆電按了一個鍵，一張米拉．達菲的彩色照片出現在陪審團面前的大螢幕上。她很漂亮，兩個兒子是不錯的年輕人。下一張照片是犯罪現場，即米拉．達菲安詳地躺在豪宅裡鋪了地毯的客廳地板上。沒有血跡，沒有掙扎跡象，就是一個穿戴整齊的女人彷彿睡著了一樣。死因是勒斃。下一張照片是空照圖，一棟現代風格的大房子坐落在濃密樹蔭的土地上，環抱著六號球道。荷根藉由照片和圖表引領陪審團進入那個可怕上午。十一點十分，彼得．達菲在北球場開球，他打算打十八洞。他獨自一人，這沒什麼不尋常。他打高爾夫向來認眞，喜歡一個人打球。那天的天氣陰冷，球場幾乎沒人。他爲完美的犯罪選了一個完美的時間。

接下來，傑克．荷根開始談動機。彼得．達菲做的是房地產生意，賺了很多錢，不過整個市場變得對他很不利，導致他有大筆負債。幾家銀行對他施壓，他需要現金。米拉保了一百萬美元的壽險，受益人是她先生。

傑克．荷根講得極爲生動，而陪審團也聽進每個字句。「動機就是錢。一百萬美元，太太一死，彼得．達菲就能拿到這筆錢。」

回到事實：米拉遭殺害的那段時間，她正準備去城裡和妹妹碰面共進午餐。前門沒鎖，微微開著，警報器設定在待機模式。死亡時間大約是在十一點四十五分。荷根用一張大圖表解釋，彼得．達菲當時正在北球場的第四或第五洞附近，從那裡開高爾夫球車回家大概要八分鐘。

荷根稍微停頓，走近陪審團。他說：「就在那個時候，彼得．達菲從北球場快速離開，目的地是他自己的家，大約在十一點四十分到達，把高爾夫球車停在露台附近。達菲先生是右撇子，所以他就像所有右撇子高爾夫玩家一樣把手套戴在左手，一隻經常使用的手套。但就在他從後門進入自宅時，做了一件奇怪的事，他迅速在右手戴上手套。兩隻手，兩隻手套，這是在高爾夫球場上從來沒有見過的事。他進入室內，攻擊他的妻子，妻子死了之後，他在房子裡快速穿梭，打開幾個抽屜，拿出珠寶與古董錶、手槍之類的物品。他要製造搶劫般的場景，所以我們會相信是無名竊賊闖進房裡，意圖洗劫財物，卻撞見米拉，當然就得把她除掉。」

又是好長一段靜默，法庭裡一片死寂，荷根似乎很喜歡這種戲劇感，他繼續說：「我們怎麼知道這一點呢？因爲有一位目擊者，一個名叫巴比・艾斯科巴的年輕人，他在高爾夫球場做修剪草坪之類的工作，那天早上十一點三十分開始午休。巴比來自薩爾瓦多，他是無照移工，非法居留，很多人和他一樣，但這並不能改變那天上午他看到彼得・達菲匆忙進入自己家的事實。」荷根碰觸他的筆電，出現另一張空照圖，他用紅光雷射筆指出位置，說：「巴比就坐在這裡的樹林，當時他三十分鐘的午休時間大概已過了一半。從他坐的地方可以清楚看到達菲家後面。他看到彼得・達菲停好高爾夫球車，拿出第二隻手套戴在右手，然後匆忙走進屋裡。幾分鐘後，他又看到達菲出現，更匆忙地開車離去。」

傑克・荷根走到他的桌前，從塑膠杯裡喝了一點水。每個陪審員都望著他，他把雙手插進前面的口袋，好像要開始親切聊天似的。「各位先生女士，我們可以輕易批評甚至譴責艾斯科巴先生，因爲他不該出現在這個國家。他來這裡尋求更好的生活，離開家鄉的親人，每個月寄錢回去給媽媽。可是，他非法打工，被告律師會針對這一點窮追猛打、大肆抨擊。他不太會說英語，作證時需要通譯人員。請不要讓這點蒙蔽你們的理性判斷。他不想出庭作證，他害怕法庭及掌握公權力的人，這當然是有原因的。不過看到就是看到，而他看到的，是這起犯罪的關鍵部分。他沒有理由說謊，他不認識彼得或米拉．達菲，他並不想惹上麻煩。他當時並不知道米拉．達菲遭殺害了，他只是一個孤單又想家的男孩，遠離其他工作夥伴而獨自在樹林裡安靜吃午餐。他剛好就在那個地點，就在那個瞬間，目擊某件影響深遠的事。巴比．艾斯科巴需要極大勇氣出面，包括到這個法庭作證。請各位以開放的心胸聽他說。」

傑克．荷根坐下，這個時候西奧無法想像誰會相信彼得．達菲是清白的。

甘崔法官敲了敲法槌，宣布休息十五分鐘。西奧不想冒著位子被搶走的風險，所以他和艾克繼續坐著。艾克悄聲說：「你有巴比的消息嗎？」

西奧搖搖頭。沒有。

第17章

一個月之前，由甘崔法官主持的一場不公開聽證會中，祕密證人巴比．艾斯科巴的身分才被揭曉。傑克．荷根不到最後一刻不願透露他的名字，按照程序規定，必須在審判前提示所有證人姓名。甘崔法官相當嚴厲地訓示：未經正式授權而與巴比有任何接觸者，將導致嚴重刑罰。干擾證人的行爲就是犯罪，而且是重罪；甘崔法官會毫不遲疑地處罰任何試圖恐嚇他的人。法官的話是特別針對克利弗．南斯和他的辯護團隊，南斯一度抗議說：「法官大人，恕我直言，您似乎在暗示我們會與犯罪活動有所牽連，我覺得被冒犯了。」

對此，甘崔法官回答：「南斯先生，隨你怎麼想，但誰都不准對這個男孩說上一句話，知道嗎？我會嚴密監視他的狀況。」

警方把巴比帶到一個祕密地點，日夜無休做足了保全措施，他只能有限度地見見朋友和家人。他每天都去高爾夫球場工作，身邊跟著一個便衣警察。

西奧花了一個禮拜才打聽到他的藏身處。有一天在學校的下課時間，胡立歐說溜了嘴。胡立歐說，巴比更害怕了，他希望自己不曾出面；他說他實在好想家，很擔心在薩爾瓦多的媽媽，她生病了，盼望他回家。他威脅說要消失在廣大的地下社會，也就是當初送他到斯托騰堡來的那個網絡。他希望自己當初找到的不是高爾夫球場的工作。西奧急得要胡立歐勸表哥要堅定、要勇敢之類的，但是就連胡立歐對於巴比涉入也開始有不同的想法。他說，相信要做對的事，相信美國式的正義，對於西奧是很容易的，可是西奧並不了解遭到嫌棄、時時擔心受怕的非法移工生活，他們不會說當地語言，還老是要擔心被逮捕並遣送回國。巴比不信任警察，因爲他們總是在追捕違法的人、給他們上手銬。當然，他們現在對他好，但是，審判過後呢？

看著傑克·荷根，聽到巴比的名字在法庭裡不斷被提起，西奧自己也拿不定主意。是他找到巴比、拖他下水的。

事情可能更糟。

法庭內大家各就各位後，甘崔法官說：「南斯先生，你可以開始被告開場陳述了。」

南斯氣勢十足地站起來，緩步走到陪審團面前。和以前一樣，他說話鏗鏘有力。他聲音洪亮、極富戲劇性地宣示：「巴比·艾斯科巴是個罪犯。他違反了這個偉大國家的法律，爲了經濟目的而非法穿越國界。他在這裡非法居住，享用我們國家的各種好處。他有個工作，但那不是他應得的，而我國公民還有很多人失業。他一天有三餐可吃，而美國卻有一千萬兒童每天晚上餓著肚子上床。他還有地方可住，而美國有五十萬人無家可歸。他要是生病了，還可以去我們的醫院接受超高水準的健康照護，這都是納稅人的錢。」南斯停頓一下，走到陪審團包廂的另一邊。他對陪審員瞪大雙眼，繼續說：「為什麼他不用被拘留？為什麼不用遣送回薩爾瓦多？各位先生女士，答案是，因為巴比·艾斯科巴和警方與檢方談了條件，他想出一個辦法可以留在這個國家，不僅是待在這裡，還可以不用擔心被逮捕。他搖身一變，成為這個案子的明星證人。他將走上證人席，一旦站上來，他會說出任何檢警要他說的話。作證之後，他不會被逮捕、不會被遣返。為什麼？因為他談好條件了。他用捏造、不可信賴的證詞中傷我的當事人彼得·達菲先生，以換取和所有其他非法移民不同的待遇。他會得到某種特殊的地位、某種豁免權，免於遭到遣返，免除我們的法律規定他應得的處罰。他會受到警方和檢調單位的保護，他們會到處奔走，為他取得工作許可，也許再加上一張綠卡❻。誰知道呢，也許他們已經答應讓他迅速取得美國公民身分。」他又停下，走到陪審團包廂的另一端，陪審員個個緊盯著他看。他張開雙臂說：「各位先生女士，我們不要被一個走投無路的人給騙了。為了留在這個國家，他什麼話都說得出口。」他看著每一位陪審員的臉，慢慢走回被告席。

就這樣！美國法律史上最短的開場陳述。

❻即美國長期居留證。

在老爹快餐店吃午餐時，艾克說：「眞厲害，厲害到不行。他瞄準檢方最有力的地方，然後摧毀巴比．艾斯科巴的可信度。」

自從克利弗．南斯坐下後，西奧的胃就打結了。「你覺得陪審團會相信巴比說謊嗎？」

「我覺得會。克利弗．南斯在交叉詰問❼時會摧毀他。陪審團已經覺得可疑了。西奧，你必須了解，在這個國家，移民是個白熱化的爭議。專家表示，全國國民對非法移工的立場正好分裂成兩半。一方面，很多人知道這些移工主要是做沒人要做的工作；但另一方面，這些非法移工拿低薪，讓成千上萬的小企業主競爭失利。我猜，陪審團裡多數人或多或少都認識一、兩個倒閉公司的老闆，只因爲他們不願意雇用非法移工。他們忍住走捷徑的誘惑，卻付出關門大吉的高昂代價。非法移工是領現金的，他們通常領得比最低工資還少很多。許多人對巴比．艾斯科巴這樣的人感到很憤怒。」

「但是，威佛利溪區是這一帶最好的高爾夫球場。爲什麼他們要雇用非法移工？」

「爲了省錢，省很多錢。更何況，西奧，他們並不完全知情，僞造的文件四處流通，有些雇主不會細問。通常企業主會雇用規模較小的公司去做那些骯髒事，自己眼不見爲淨。就巴比的情況來看，很有可能他是爲某個小型園藝公司工作，這家公司和高爾夫球場簽了合約。那是見不得人的世界，很難找到證據。還是不要管那麼多，省錢最重要。」

西奧碰都沒碰他的三明治，他問：「好吧，那如果老闆雇用非法移工被抓到呢？」

「公司會破產，要付一大筆罰金，不過很少發生這種情況。勞工太多，願意支付現金雇用便宜勞工的雇主也太多。你倒是快點吃呀。」

「我不餓，其實我還眞想吐。眞希望我沒有把巴比拖進這一團混亂。」

「這一團混亂是從彼得．達菲殺了他太太開始的，這不是你的錯，也不是我或巴比的錯。犯罪事件常常會牽連那些無辜而且不想有所牽扯的人。事情就是這樣。如果證人害怕出面作證，很多案件就會永遠無法解決。」

西奧勉強小口咬著他的三明治邊緣，不過他實在沒有食欲。

下午一開庭，傑克．荷根請出檢方這邊的第一位證人。她的姓名是艾蜜莉．葛林，是米拉．達菲的妹妹。她宣誓之後在證人席坐下，對陪審團擠出一絲笑容。她和大多數被送到這台上的人一樣，看起來十分緊張。傑克．荷根讓她慢慢回憶發現姊姊死亡當天的經過。她說，她們約好一起吃午餐，但米拉沒有出現，於是她開始打電話，電話也沒人接，心想可能發生什麼事了，因爲她姊姊通常手機不離身的。她趕到威佛利溪區的達菲宅，發現前門微微開著。她走進去，看到米拉．達菲躺在客廳地毯上，四周沒有掙扎跡象。起初她以爲米拉只

❼交叉詰問（cross-examination），指法院開庭審理時，當事人向對方律師傳喚的證人提出詢問。

是昏倒了或心臟病發，檢查脈搏後，才明白她已經死了，於是驚慌地打了九一一。她說著說著，情緒愈來愈激動，但還是盡力保持鎭定。

克利弗．南斯起身，說他沒有問題要詰問對方證人。艾蜜莉．葛林因此離開證人席，回到檢方後面的第一排座位。

傑克．荷根請出他的下一個證人，克隆警探。幾個基本問題後，克隆警探開始描述犯罪現場。一張巨幅照片出現在螢幕上，陪審員再看了一次米拉．達菲被發現在地毯上的模樣，她穿著一件漂亮的洋裝，高跟鞋還在腳上。荷根和克隆仔細討論這張照片裡的所有細節。下一張是她脖子的特寫，警探解釋，他第一次檢查屍體的時候，注意到她脖子上有一條紅痕，脖子兩邊有點腫，就在下顎下方，他立刻懷疑是勒斃。過了一會兒，葛林女士接受另一位警探訊問時，克隆警探撐開米拉．達菲的右眼，發現裡面整個是紅的，當時他就明白這是一件謀殺案。

其他照片呈現凶手打開的櫥櫃和抽屜，東西四處散落，都是爲了讓現場看起來像是遭到搶劫後再謀殺。遺失的東西包括彼得．達菲的一些古董錶、三把他收藏的散彈槍，還有幾件米拉的珠寶。這些失物目前尚未尋獲。還有一張前門的照片，露台門關著，但是沒有上鎖，警報器面板顯示爲待機模式。荷根使用了一張空照圖，讓克隆對陪審團說明達菲家與溪區球場的第六球道離得很近。其他照片則呈現房子的正面與側面都有濃密遮蔭和隱密角落，這是爲了表示這個地方相當隱密。大門、門把、窗戶、櫥櫃、抽屜、珠寶箱以及達菲收藏手銬的桃花心木箱子上採到幾枚指紋，都是達菲家人和他們管家的指紋。這也是理所當然，因爲他們在這裡居住或工作，不過也同時證明，殺手可能戴了手套，而且很謹慎，或者殺手就是彼得．達菲或管家，但管家那天休假，她有充分的不在場證明。

照片解說完畢，傑克．荷根展示了一幅威佛利溪區的大圖，讓克隆警探描述達菲住家的位置、三個高爾夫球場、俱樂部等。根據高爾夫球場營業處的電腦登入紀錄，彼得．達菲獨自在那天上午十一點十分開球打了前九洞。天氣不好，三個球場的人都很少。他以自己的高爾夫球車代步，而且根據他們的測試結果，在他太太死亡的時間，他不是在第四洞就是第五洞。如果開著相同的球車，某人從第四洞或第五洞到達菲家大概要花八分鐘。

就克隆警探所知，沒人看到彼得．達菲爲了趕回家而高速穿越球場。他妻子死後，沒人看到他回到前九洞，也沒人看到有誰進入或離開達菲家。沒有鄰居報告有陌生車子接近那棟房子，但話說回來，威佛利溪區是個重隱私的社區，他們各自生活在大門後方的深處，鄰居們並沒有注意街道的習慣。總之，那是個非常安靜的上午，沒有什麼不尋常的事，當然，直到艾蜜莉．葛林出現爲止。

克隆警探作證說，他和他的小組在那屋子裡待了將近十個小時。大約兩點半，彼得．達菲衝回家看到妻子躺在地板上時，克隆警探也在場。他看起來很震驚，傷心欲絕。

傑克・荷根與所有傑出檢查官一樣沉穩而循序漸進，不過他開始重複提問，希望求得相同的答案。兩個小時後，克利弗・南斯開始抗議，甘崔法官卻不急。荷根終於說：「沒有其他問題了。」法官宣布休息十五分鐘。

西奧很不想承認自己覺得無聊。已經快四點，學校都放學了，他想去找胡立歐，確認巴比是不是好好的，但他知道這樣不行。巴比目前受警方保護，連胡立歐和他都少有接觸。艾克說：「我想我今天是聽夠了。你還要留下來嗎？」

艾克當然可以隨心所欲地看完整個審判過程，西奧卻有時間限制。他回答：「我想是吧。下一個證人是誰？」

「這個嘛，首先是克利弗・南斯要逼問克隆警探。他會問出什麼就不確定了，不過他會拷問他的。」

「應該滿有趣的，我留下好了。明天見囉。」

艾克輕拍他的膝蓋，然後離去。西奧想要拿出手機傳訊息給蒙特老師，但又不敢做。在甘崔法官的法庭裡，誰要是用手機被抓到，就會被送到庭外、禁止再回來，還要罰款一百美元，就算是西奧鼓動三寸不爛之舌也沒輒。手機還是乖乖待在他口袋裡。

克利弗・南斯開始對克隆警探進行交叉詰問，首先是問幾個簡單的問題。他得到的答案如下：米拉・達菲死亡當時的身高是一百六十七公分，體重六十公斤。年齡四十六歲，健康狀況良好，就克隆所知，沒有行動方面的問題。她常打網球，偶爾慢跑，而且熱中瑜伽。彼得．達菲大她三歲，比她高十公分，體重八十公斤。據他自己表示，他不常運動，一天抽兩包菸。換句話說，她不是個弱小的女人，而他不是個健壯的男人，達菲太太的體能狀況比達菲要好得多。

彼得．達菲能夠抓住他的妻子、雙手環繞在她脖子上把她勒死，而且沒留下半點掙扎的痕跡，這合理嗎？她的手指甲並沒有斷掉以顯示曾經抵抗，他的雙手及手臂或臉孔都未留下任何抓痕以表示曾經歷一場搏命之鬥。

警探解釋，這是合理的。首先，她認識且信任達菲，因此達菲可以靠近而不讓她提高警覺。如果達菲站在她後面，雙手抓住她的脖子，只要用力幾秒就能使她失去意識，再繼續用力，大約四分鐘之內她就會死亡。

克隆說，在家庭謀殺案裡，親手勒斃是很常見的手法。

這個說法激怒了南斯，他質問克隆偵辦過幾次類似案件。克隆沒能想到哪個案子，南斯就抨擊他說得太多，是不可信的證人。交叉詰問急轉直下，兩個男人都動怒了，不停打斷彼此的話。甘崔法官大聲制止兩人，試圖讓局面恢復平靜，不過他們還是繼續交鋒。

南斯使勁出擊，讓克隆承認他不是醫生，並沒有經過醫療訓練，連謀殺偵查課程都沒上過。克隆承認他無法確認凶手是如何抓住受害人並勒死她的，他承認彼得．達菲並未去做徹底檢查，看看是否有擦傷或抓痕。他說他知道達菲戴了兩隻高爾夫手套，也許那是爲了在達菲太太用力掙脫時保護自己的雙手。

「也許！」南斯大吼。「也許是這樣！可能是那樣！那如果是這樣呢？假定是怎樣？探員，到底有什麼是你能確定的？」

他們吵得愈久，那名刑警的臉色就愈難看。南斯對他的證詞找碴，頻頻得分。經過一小時的猛烈審訊，南斯說他問完了。甘崔法官迅速宣布今日休庭。現在每個人都需要休息一下。

第18章

星期一下午，西奧在他的辦公室裡，試著集中精神在功課上，狗狗在他腳邊打盹。西奧心煩意亂，主要是想著巴比．艾斯科巴，以及可憐的他走進法庭時即將面臨的惡夢。克利弗．南斯會像隻瘋狗般攻擊他，也許還會把他逼哭。他會指責他，指控他接收檢方什麼不正當的好處而得以留在這個國家；他會對陪審團說，巴比爲了自己，什麼話都說得出來。儘管知道這一切即將到來，卻沒什麼辦法能讓巴比先做好準備。

而這都是西奧的錯。要不是西奧，巴比不會被找來當證人；要不是西奧，彼得．達菲會躲在南美洲，巴比就不會被牽扯到這場混亂之中。

他覺得相當悲慘，希望自己從來沒去過法庭。這是記憶所及第一次，法律讓他反感。他想，也許改當個建築師吧。

後門傳來一陣敲門聲，他才從自己的傷悲中驚醒。法官跳起來輕吠一聲，不過只是爲了讓西奧知道牠是清醒的，並且盡忠職守。法官其實沒那麼勇敢，也寧願避開麻煩。

是胡立歐，他怕得要命，而且不確定自己在做什麼。他以前來過這裡，但一想到要去位於市中心的法律事務所，就讓他感到不安。他坐在這房間裡唯一的另一張椅子上，感覺沉重得好像快要被壓垮了。

「什麼事，胡立歐？」西奧問。

「呃，審判怎麼樣？」他們第一次見面是在街友庇護所，當時胡立歐的口音很重，可是現在幾乎聽不出來了，西奧很驚訝胡立歐的英語學得這麼快。

「還好吧，我猜。」西奧說：「今天他們讓我不用上學，我看了整場。巴比怎麼樣？」

「他們把他帶到另一個城鎮的汽車旅館，不讓我知道在哪裡，因爲警方警告他要保密。可是他眞的很害怕，西奧。」胡立歐停頓了一下，緊張地環顧房間，顯然他還有很多話要說，但不確定是不是應該說出來。然而他還是咬緊牙根、硬著頭皮繼續說：「你知道的，西奧，巴比有個朋友，和他是同事，是一個美國人，這個人今天休假去法庭，坐在樓上看台區旁聽審判。他告訴巴比，情況很不好，律師說他是罪犯、騙子，還說了各種難聽的話。這個朋友跟巴比說，你是瘋了才會自己走進法庭。他說律師會把他踩在腳底，讓他看起來很蠢。他說陪審團已經相信巴比只是另一個會說謊的非法移工，爲了拿到綠卡，什麼都會說。西奧，這是眞的嗎？」

西奧當下很想把事實蒙混過去，好讓胡立歐相信巴比會沒事，但他就是沒辦法說出不用擔心之類的話。「你怎麼知道？」他問。

「我跟巴比談過。」

「警察把他關在汽車旅館裡，你是怎麼和他說到話的？」

「因爲他有一支手機，新的。」

「他是怎麼拿到手機的？」

「警察給他的。他們覺得給他一支很重要，以防有突發狀況。大概一小時前他打電話跟我說，他和他朋友談過，他不知道該怎麼辦。西奧，事情眞的那麼糟嗎？」

西奧深吸一口氣，想方設法來讓事實聽起來好一點。「嗯，胡立歐，你必須了解審判的運作方式。我知道這可能很難理解，但不是的，沒有那麼糟。在審判裡，律師有時會說一些可能不完全正確的話。胡立歐，要記得，彼得．達菲是因謀殺嫌疑受審，面臨的是死刑，他請到很強的律師，那些人會盡全力幫他打贏這場仗，所以他們會說出一些很難聽的話，事實上也許沒有那麼糟。巴比站上證人席不會有事的。沒有他，檢察官會很難將他定罪。」

「他們是不是叫他罪犯？」

「是的，他們是這樣叫他。」

「他們有沒有說他是爲了得到什麼好處而說謊？」

「有，他們有。」

胡立歐厭惡地搖搖頭。「我聽起來就很糟。」

「這只是審判第一天，之後會沒事的。」

「你怎麼知道，西奧？你只是個小孩。」

西奧真的覺得自己是個小孩。說真的，他覺得自己是個又傻又笨的小男孩，在一個連大人都很難應付的世界裡多管閒事。

馬路對面大概半條街之外，歐馬．奇普放低身子，坐在一輛舊貨車的駕駛座，是那種沒有人會多看一眼的車子。他在讀報，報紙半遮住他的臉，耳朵裡有白色的線垂下，一副在聽iPod的樣子。

但那不是iPod的音樂。歐馬正在聽西奧辦公室裡任何人說的每一個字。週末期間，他和帕可在布恩&布恩法律事務所待了兩小時，後門用一片薄薄的折疊刀輕易就撬開了，這間公司沒有裝設保全系統，畢竟這只不過是個法律事務所，並沒有什麼具實際市場價值的東西。潛入之後，他們裝了四個竊聽器，大小和小火柴盒差不多：一個裝在布恩太太辦公室的書櫥後面，是她永遠不會看到的地方；一個裝在布恩先生辦公室書架最頂層，就在兩本沾滿灰塵的法律舊書之間；一個裝在會議室裡一本厚厚法律書的頂端；一個裝在西奧用來當書桌的那張搖搖晃晃牌桌下面。每個竊聽器可以傳送聲音大約兩週，之後電池就沒電了。如果這些東西被發現，很可能認不出是竊聽器。而且，布恩一家人不會知道是誰放的。如果有必要，歐馬和帕可會再次利用晚上潛進這幾間辦公室，把他們的小裝置拿回來。但他們應該不會這麼做，幹嘛這麼麻煩？審判很快就會結束了。

星期一早上，最先到事務所的是法務助理文森。他和以前一樣開了燈、調整空調溫度、打開每個門鎖、泡咖啡，像平常一樣漫不經心地把每個地方檢查一遍。他沒有看到任何不尋常的事物，其實他也沒打算看到什麼。後門是鎖上的，沒有任何非法入侵的跡象。

歐馬自顧自地微笑。「只是個小毛頭嘛。」他悄聲說。

胡立歐說：「西奧，這都是你的錯。巴比是我表哥，他是個好人。那天他只不過想自己坐在樹林裡安靜吃午餐，一個人待著就可以好好思念家人、禱告、想家，卻碰巧看到那個人在他的高爾夫球車裡，他不知道有人被殺，只是在做自己的事。他不小心告訴我，然後我不小心跟你說，接著你就把你爸媽扯進來，然後是那位法官。達菲那傢伙跑掉，他好高興！因爲這樣他就不用受到波及。西奧，你想想那是什麼滋味，對巴比這樣的人來說。他不知道怎麼辦啊！我們信任你，結果現在巴比藏在某個汽車旅館裡，由幾個警察保護著，就爲了要他出庭，然後讓一群律師生吞活剝。」

他停頓一下，盯著自己的腳。西奧想不出要說什麼。過了長長的一分鐘，房間裡一片死寂。最後西奧說：「巴比做的是對的，胡立歐。這很不容易，但有時人就是得去做對的事。巴比是很重要的證人，事實上，他是這整場審判裡最重要的證人。沒錯，這不是他自己要求的，他不想被拖下水，但有個女人在自己家裡被自己的丈夫謀殺了，那男人應該受到懲罰，我們不能放過凶手。沒錯，巴比就是在那個不對的地方、不對的時間出現，可是現在已經改變不了了。他看到了就是看到，他有責任出面對陪審團說。他沒有拿什麼好處，陪審團會相信他的。」

胡立歐閉上眼睛，看起來好像要哭了。但他沒有，只是問：「你自己跟他說好嗎？你有手機。」

西奧嚇到了。「我不確定這是個好點子。法官可能會認爲我試圖勾串證人。」

「那是什麼意思？」

「那是一項罪名，不管是哪一方試著影響證人，這就叫做串證。律師可以幫證人準備好出庭，但其他人不可以。你知道，就是給他們壓力。我不確定那是否適用於我，但就是覺得不太好。」

「我不明白這一切，巴比也不明白。我猜問題就出在這裡。這不是我們的世界。」

西奧盯著牆壁，思緒高速運轉。直覺告訴他，應該取得巴比的電話號碼。「他的英語怎麼樣？」他問。

「不好。很不好。怎樣？」

「只是在想。不然你用我的手機發簡訊給他，當然是用西班牙文啦，告訴他這件事沒有他想的那麼糟。」

「我們會有麻煩嗎？」

一半一半吧，西奧心想。他們也不是眞的要左右巴比的證詞，只是想讓他安心而已。而且，這樣巴比的號碼就會在西奧的手機裡留下紀錄。

「不會的，我們不會有麻煩。」他一點信心也沒有。

「我沒有傳過簡訊哩。」胡立歐說。

「好，那你就用西班牙文寫個短短的簡訊，我來傳。」

西奧給他一本筆記本和一枝鉛筆。

「我要說些什麼呢？」胡立歐說。

「這樣吧：『哈囉巴比，是我胡立歐，這是西奧的手機。他說沒有什麼好擔心的。你會平安，不會有事的。』」

如果有時間和一本西班牙文字典的話，西奧自己就能夠弄出這則簡訊，不過現在不是做實驗的時候。胡立歐用西班牙文寫好，把筆記本交給西奧。「電話號碼是幾號？」西奧掏出手機問。

胡立歐伸手到口袋裡找出一張紙片，唸出數字：「四四五—五五五—八八二二。」

西奧按下這些數字，打出訊息，按下傳送鍵。他把手機放在桌上看了幾秒鐘，希望能立刻得到回覆。

「他在汽車旅館待多久了？」西奧問。

「他們是星期六帶他去的。他的老闆很不高興，但警察要他冷靜。巴比現在是個重要人物了，警察對他很好。」

「我想也是。他是明星證人。他會沒事的，胡立歐，你就不要擔心了。」

「你倒是說得容易。我得回家了，還要照顧艾克特和芮塔呢。」

「幫我跟他們打招呼。」

「好。」

歐馬看著胡立歐騎上他的腳踏車離去。這孩子的身影消失之後，他取下耳機，拿起他的手機打給帕可。他露出猙獰的笑容說：「胡立歐．裴那先生剛剛離開西奧．布恩的法律辦公室。你不會相信的，我們的男孩巴比現在藏在一個不知名城鎮的汽車旅館裡，條子看著他。雖然不能動他，但是他現在有手機，而我們拿到號碼了。」

「太好了。」

「你的西班牙文怎麼樣？」

「你什麼意思？那是我的母語耶，記得吧？」

在羅畢里歐餐廳，布恩一家人坐在他們最喜歡的位置，與每星期一晚上都來服務他們的老闆羅畢里歐先生愉快寒暄。今晚特餐是義式方餃，他十分自誇，說這可能是有史以來最棒的，不過每星期的特餐他都是這麼說。他離開後，布恩太太立刻說：「好，西奧，把審判經過告訴我們吧。我要聽全部。」

西奧很討厭那場審判，什麼都不想講。不過他爸媽這麼好，允許他不用上學，所以他猜想自己欠他們一份今日事件始末的摘要。他從頭說起，先講開場陳述，講得正精采時，羅畢里歐先生過來了。

「西奧，你要點些什麼呢？」他問。

「什麼都不用。」布恩先生大聲說：「他在絕食抗議。」

「絕……絕什麼？」羅畢里歐先生驚嚇地問。

布恩太太說：「伍茲，別這樣嘛。絕食抗議差不多十分鐘而已。」

「義式方餃。」西奧趕緊說。布恩太太點了一份烏賊沙拉，布恩先生則要了小牛肉丸義大利麵。羅畢里歐先生似乎頗爲認同，於是迅速離開，西奧繼續說下去，他的爸媽非常震驚克利弗．南斯在開場陳述所做的評論。

「他不能稱呼巴比爲罪犯。」布恩太太說：「他從來沒被定過罪啊。」

「荷根有表示抗議嗎？」布恩先生問。「那樣說顯然不恰當。」

「沒有。」西奧說：「荷根先生只是坐著。」

「情況對巴比很不利。」西奧說：「我都替他難受了，而且覺得自己有點差勁。」

布恩先生正在嚼一片大蒜麵包，麵包屑從嘴裡掉下來。他說：「嗯，我看哪，如果南斯因爲巴比出來說實話而攻擊他，那反而是傷害了自己。」

「這就不知道了。」布恩太太說：「很多人相當憎恨無照移工。」西奧想不出有哪次他爸媽對法律相關事務的見解一致，他們很快就開始針對陪審團會如何看待巴比而拌嘴。餐點送上來了，西奧埋頭吃著。很明顯，他爸媽十分關心審判，就像城裡的每一個人，那他們怎麼不自己去法院旁聽呢？他們說太忙了。不過西奧懷疑，他們是不想承認另一個律師的案子比他們自己的工作來得重要。西奧覺得這有點傻。

突然間，西奧覺得不餓了，無法享受食物。他吞下第一顆餃子之後，媽媽說：「西奧，你都沒吃呢。怎麼啦？」

「沒什麼，媽。我很好。」有時候他餓翻了，媽媽就罵他吃太快；有時候他懷著心事沒食欲，媽媽就會探問他到底在煩惱什麼。要是什麼事都沒有，他吃得中規中矩，媽媽就不會說什麼。

他爸媽需要再有一個或兩個小孩，有其他人在這個家裡讓他們觀察和分析。但既然家裡只有他這個小孩，他衡量過後認爲好處還是多過壞處。不過也有些時候他需要有人陪，有其他人來分散爸媽的注意力。話說回來，雀斯有個超級討人厭的姊姊，伍迪的大哥則被送進青少年感化院，艾倫則有個心腸和蛇蠍一樣壞的弟弟。

也許西奧確實是幸運的吧。

還是沒有巴比的消息。

第19章

在距離斯托騰堡將近五十公里遠的一家汽車旅館裡，巴比．艾斯科巴坐在他的床上，又看了一部電視上播放的老電影。這裡沒有西班牙文電視台，他很難理解到底電視在演什麼，不過他盡力嘗試。他很認眞聽，並且不時試著重複電視上講得飛快的英語，但是實在招架不住。待在這家汽車旅館已經第三天，他對這種生活節奏感到厭煩。

有一扇門通往隔壁房間，他能聽到巴德警官看電視發出的笑聲。史尼德警官的房間在另一側，巴比被夾在中間，徹底保護起來。兩位刑警竭盡所能地讓他感到舒適。晚餐去墨西哥餐廳吃美味的辣醬玉米餅；午餐到目前爲止不是披薩、就是漢堡；早餐則去一家當地人都會去的鬆餅屋，那些人心裡在想，這些傢伙到底是何方神聖。三餐之間，他們不是待在旅館裡玩牌，就是在鎭上閒逛殺時間。爲了好玩，他們哄巴比重複說一些英文字句，但他進步得很慢。警察也漸漸覺得無聊，不過他們很專業也很敬業。

晚上九點七分，他的新手機在身邊震動起來。是一封西班牙文的簡訊：巴比，你在法院會死的。那些律師會吃了你。你是笨蛋才會踏進法院。

他抓起手機，盯著這個不認識的號碼，立刻害怕起來。除了警方、他的老闆、阿姨卡蘿拉，也就是胡立歐的媽媽，還有西奧．布恩，沒有人知道他的手機號碼。他拿到這支手機還不到一個禮拜，還在學習怎麼用，現在竟然有陌生人找到他了。

該怎麼辦呢？他的直覺是對巴德警官大喊，讓他看簡訊，不過他等了一會，試著深呼吸讓自己冷靜。

兩分鐘過去，九點九分，手機又震動了，是另一封簡訊：巴比，警察計畫在審判結束後立刻逮捕你。你不能相信他們。他們是在利用你，得到他們想要的之後就會把你銬上手銬。快跑！

道地的西班牙文。不認識的電話號碼，但區域號碼「四四五」是一樣的。他驚慌失措，無法動彈。好想哭。

九點十五分，收到第三封簡訊：巴比，警察騙你，胡立歐、西奧．布恩，每個人都是。不要掉進他們的陷阱。他們不會在乎你。這是個陷阱。跑，巴比，快跑！

巴比慢慢地打出回覆：你是誰？

半小時過後都沒有回應。巴比很想吐，於是去了洗手間。他把頭伸到馬桶上試著嘔吐，可是什麼都沒吐出來。他刷刷牙，消磨了一些時間，眼睛從沒離開過手機。史尼德警官進來看看，說他要睡了，巴比告訴他一切都很好。明天是星期二，審判第二天，他們很懷疑巴比會被傳去法院。史尼德說，傑克．荷根還是打算在星期三請巴比上證人席。所以，明天又會是漫長的一天。

巴比對他說謝謝，史尼德便回去睡覺。巴德警官在自己房裡放鬆休息，連接兩間房的門還開著，他在浴室裡悠哉游哉，換上一件T恤和運動短褲，然後在床上伸展身體再看一會兒電視。好幾次巴比幾乎要走過去讓他看簡訊，卻猶豫不決。

他不知道怎麼辦才好。他喜歡這兩個警察，他們像對待大人物般對待他，可是他們活在另一個世界。而且，他們只不過是一般警察，做決定的是他們的上司。

九點四十七分，第四封簡訊進來：巴比，我們知道你媽媽病得很重。如果你走進法庭，你會好幾年看不到她。為什麼？因為你會關進美國的監獄裡等著被遣返。這是陷阱，巴比，快跑！

電量只剩下一半了，巴比悄悄接上電源線。他等著，心裡想著媽媽，他親愛的、生病的媽媽，已經一年沒有見面了。一想到她、小弟弟們還有拚命工作努力養活一家人的爸爸，他就心痛。爸爸鼓勵巴比來美國，希望能找個好工作、寄錢回家。

十點鐘，巴德警官從門邊探出頭來，用很破的西班牙文詢問一切是否都好。巴比勉強微笑著說：「晚安。」巴德關上門並熄燈，巴比也是。

一個小時後，他躡手躡腳來到走廊，往下走一段樓梯到一樓，穿過一扇通往外面的門，走進黑暗中。

半夜，西奧和法官睡得正熟，輕微的聲響打破寧靜。是手機在床邊櫃上發出的輕微震動。狗狗完全不受打擾，但西奧醒了並拿起手機。時間是十二點二分。

「喂。」他幾乎是用氣音在說話，雖然即使用喊的爸媽也不會聽到。他們睡在樓下，距離很遠，而且門是關著的。

「西奧，我是胡立歐。你醒著嗎？」

西奧深呼吸，尋思這個節骨眼能夠用上的各種漂亮回話，但很快想到可能哪裡出錯了，否則怎麼會打電話來？「是的，胡立歐，我現在醒了，有什麼事？」

「我剛剛跟巴比講過話，他打電話來我家，把我們都吵醒了。他從警察那裡逃走，他很害怕，躲起來不知道怎麼辦。我媽在哭。」

太好了。這種時候哭眞是太有幫助了。「他為什麼要跑掉？」西奧問。

「他說每個人都在騙他，警察、你、我、法官、檢察官。他現在誰都不相信了，他認爲審判結束後立刻就會被逮捕。他說他不會走進法庭的。他非常難過，西奧。我們要怎麼辦？」

「他在哪裡？」

「在衛克斯堡，誰知道那是哪裡。他和警察在一家汽車旅館裡，等到他們都睡了才溜出來。他說躲在一家整晚營業的便利商店後面，說這一帶是那個城裡的鬧區。他非常害怕，但他不要回去警察那裡。」

西奧下了床，在房間裡走來走去。他還沒有完全清醒，很難清楚思考。法官好奇地看著他，西奧醒來破壞了這一夜好眠，讓牠覺得很煩燥。「你覺得他會不會願意跟我說話？」

「不會。」

「反正這也不是個好點子。」其實是個爛點子。西奧知道他不能再管下去，該讓大人出面處理。他最不希望發生的狀況就是甘崔法官對他吼著說他串通證人。其實他當下立刻決定，要忘掉審判、忘掉彼得・達菲、忘掉巴比・艾斯科巴、忘掉傑克・荷根和克利弗・南斯。忘掉一切，變回一個普通小孩。

如果巴比・艾斯科巴想要消失，西奧不會阻止他。

「我不知道要怎麼辦，胡立歐。」他說：「眞的，我們沒辦法做什麼。」

「但是我們很擔心巴比。他躲在外面呀！」

「他在外面是因爲他想在那裡，而且他很堅強，胡立歐。他會沒事的。」

「這都是你的錯。」

「胡立歐，謝謝，眞是謝謝你啊。」

西奧回到床上，盯著天花板。法官很快又睡了，然而西奧過了幾個小時都還醒著。

他慢慢舀起一匙圈圈穀片，湯匙一翻轉，又倒回牛奶裡。偶爾吃了那麼一口，卻食不知味。舀了一匙，又倒回去。在他腳邊的法官倒是完全沒這問題。

布恩太太在起居室裡喝著無糖汽水、看報紙，渾然未覺達菲審判案裡的災難即將降臨。此時警方已經發現巴比失蹤了，毫無疑問他們通知了傑克．荷根，整個檢調小組人仰馬翻。一個小時後的法庭會是什麼樣子？西奧很想知道，但他也決定不再理會那場審判。

八點整，他在水槽裡洗了碗，把牛奶和柳橙汁放回冰箱，走到起居室去親親媽媽的臉頰。「我去上學了。」他說。

「你看起來很睏。」

「我很好。」

「帶了買午餐的錢嗎？」她每星期五天都會問同樣的問題。

「每次都有帶。」

「功課都做完了？」

「做好了，媽。」

「什麼時候會再看到你？」

「放學後。」

「路上小心，記得保持微笑。」西奧討厭微笑，因為他的牙齒裝了厚厚的矯正器，但媽媽相信每個微笑都會讓世界更美好。

「我在微笑，媽。」他說。

「我愛你，泰迪。」

「我也愛你。」

西奧保持微笑，直到出了廚房。泰迪這個小名眞討厭，他喃喃抱怨著。他拿起背包，拍拍法官的頭說再見，離開房子。他在城裡飛馳，十分鐘後站在艾克的桌前。一個小時前西奧打過電話，艾克雙眼充滿血絲，看起來糟透了，他正在等著。

「災難。」他吼著：「完全是個大災難。」

「接下來會怎麼樣，艾克？」

艾克從一個高紙杯裡大口喝下咖啡。「記得傑克・荷根的開場陳述嗎？他要陪審團相信，他的明星證人巴比・艾斯科巴會來法院作證，記得嗎？」

「當然記得。」

「嗯，那是個錯誤，因爲現在，假如巴比沒有出現，辯方就會提出審判無效，甘崔法官沒有別的選擇，只能同意。第二次無效審判呀，西奧。你猜猜怎麼著？根據我們的法律，第二次審判無效就代表指控撤銷，這表示達菲會躲過謀殺罪。他會因爲潛逃罪坐幾年牢，但關沒多久就能出來過好日子。他會躲過謀殺罪，西奧。這就是接下來會發生的事。災難呀！」

雖然艾克有一陣子沒提到賞金了，但西奧私下認爲他經常放在心上。他做稅務會計師還能度日，卻也沒有什麼能炫耀。他開的是二十年的老車，住的公寓破破舊舊，辦公室殘敗不堪又亂七八糟，不過西奧還滿喜歡那裡。

可能會有第二次審判無效，艾克似乎對此感到特別難過。他說：「他們必須找到這男孩。」

西奧並不想對任何人說他有巴比的手機號碼，就算說了也沒有幫助。他相當確定，不管巴比躲在哪裡，都不會接電話了。他問：「他們什麼時候要告訴甘崔法官明星證人失蹤了？」

「誰知道？如果我是傑克．荷根，我會盡可能不洩漏出去，然後瘋狂祈禱他們找到巴比。荷根還有很多證人可以在巴比出場前送上台，所以他可能會假裝什麼事也沒有般繼續進行。不過到了明天，如果他們沒找到他，那就玩完了。我不知道啦，只是猜測而已。」

「我們也沒有辦法，對吧？」

「當然沒辦法，」艾克很快接口，「我們只能等。」

「好吧，我要走了，去上學。你會去法院嗎？」

「喔，會呀。再怎麼樣我也不會錯過。第一次休息時我會打給你。」

胡立歐在腳踏車停車架一旁等著。他和西奧一起走向教室，小聲交談了幾分鐘。沒有巴比的消息，他不接電話。西奧說：「我相信警察正在到處找人。也許他們會找到他。」

「你覺得他會沒事，西奧？」

西奧說：「當然，他會沒事的。」不過他一點把握也沒有。

「西奧，對不起，我說那都是你的錯。我不是真的那樣想。」

「沒關係。我們午休時間再碰個面吧。」

「好。」

第20章

早上九點，西奧在莫妮卡老師的西班牙文課堂上看著牆上的時鐘，心想法庭裡現在是什麼樣。這是審判第二天了，法庭裡一定還是坐滿人。陪審團被請進來聆聽下一回合的檢方證人發言。看來似乎一切都好。除了傑克．荷根和他的團隊之外，沒有人知道眞相，即他們的明星證人失蹤了。一小時後，西奧在卡曼老師的幾何學上捱著，心想巴比可能躲在某處的林子裡，看著警車呼嘯穿梭在衛克斯堡瘋狂搜尋。他不辭艱辛，一路從薩爾瓦多來到這裡，穿過墨西哥、跨越邊界，最後進入斯托騰堡，都沒被抓到。西奧常常在想，這幾百萬人到底是怎麼非法進入這個國家、在這裡生活、又是如何生存下來的。他們懂得在暗處移動的祕訣，懂得如何在必要時躲開執法者。

如果巴比想要消失，他們找不到他的。

幾何學和蒙特老師的公民課之間有十分鐘休息時間，西奧衝到遊戲場打電話給艾克。沒有接，他正在看審判，不能通話也不能發簡訊。

公民課上，西奧向全班摘要說明昨天的開審。這些男孩們在首次審判第一天曾去旁聽，他們有好幾百個問題要問。西奧興致勃勃地回答了所有問題。

中午休息時間，艾克終於回電了。他說早上就照原定議程進行，沒有一個字與證人失蹤有關。傑克．荷根沒有對任何人說；甘崔法官似乎渾然不知。不過，克利弗．南斯和他的辯方團隊似乎比前一天更有信心了。「他們知道了。」艾克說：「我感覺得出來他們知道。」但西奧不那麼確定，艾克有時候會誇大事實。

西奧找到胡立歐，跟他解釋了審判目前的狀況。胡立歐建議用西奧的手機打給巴比，但西奧說不。「胡立歐，他很聰明，不會接電話的。」

下午的時間拖著，比往常還要慢，西奧又捱過了化學課、自習課以及辯論隊練習。三點三十分，最後下課鐘一響，他就跳上腳踏車直奔法院。

明知道這整齣戲的結局將再度令人震驚，卻又要假裝什麼事也沒有，以這種心情來旁聽審判，感覺很怪。陪審員仔細聽著證人說話；律師記下好幾頁筆記、掃視文件並輪流質問證人；甘崔法官莊嚴地主持開庭，偶爾對律師提出的反對做出回應；書記官記錄下每一個字；事務官把文件疊來疊去整理好。旁聽的群眾看著這一切，著迷於眼前戲劇般的景象。被告彼得．達菲在他的律師圍繞下坐著，表情沒有改變過。

傑克．荷根和檢察團隊看起來的確有點疲憊，但西奧無法察覺法庭裡另一方有任何不尋常的信心。一切看起來那麼正常，就和預期中的任何大型審判一樣。

今天最後一個證人是個金融界的人。傑克．荷根問他一連串關於彼得．達菲的借款和財務問題，所有提問都是爲了證明被告迫切需要現款，需要那筆壽險理賠金，因此有了謀殺動機。有些證詞西奧聽不懂，審判變得頗爲枯燥無趣。

西奧一邊聽審，他看著甘崔法官，感到一陣混雜著悲哀和憤怒的情緒。悲哀是因爲法官主持一場重要的審判，他以爲事情進展一切如常，完全不知道大禍臨頭；憤怒則是因爲這場審判就要瓦解了，彼得．達菲會再次躲過謀殺罪。他很確定警方正在地毯式搜索衛克斯堡的每個角落、要找出巴比，時間滴答滴答往前走，災難迫近。如果他們找到他呢？他們能逮捕他、押他去法院、逼他說出證詞嗎？西奧不這麼認爲。

五點十五分，甘崔法官宣布散會，請陪審員回家。西奧和艾克在法院外面聊了一下。歐馬．奇普在草坪另一邊抽菸講手機，還瞪著西奧。艾克答應如果聽到什麼就會打電話給他，西奧向他道別。他慢慢騎回辦公室，鎖上門，躺在地上和法官說話，告訴牠事情的發展會有多糟。法官和以前一樣很仔細地聽，雙眼熱切地盯著西奧，相信他說的每一個字，並且準備好要幫忙。能把心裡話對誰說眞好，即使對方是一隻狗。

布恩太太在她辦公室裡接待一個比較晚來的客戶。布恩先生在樓上抽著菸斗，重新修訂一份很厚的文件。「有空嗎，爸爸？」西奧插進來問。

「喔，當然。什麼事？」

「你不會相信的。巴比．艾斯科巴不見了。」

布恩先生驚得張大嘴巴。西奧把事情全盤托出，連他有巴比的號碼這件事也說了。

這是星期二晚上，布恩一家走到幾條街外的高地街庇護所去拜訪無家可歸者。和以前一樣，西奧幫忙發送食物，舀蔬菜熱湯遞三明治給那些沒地方去的人。很多熟悉的面孔，失去一切但終究存活下來卻無處可住的傷心人。他們睡在公園長椅或橋下，或隱藏在樹林裡的便宜帳篷中。他們會在垃圾堆裡翻找，在街上乞討。大概有五十個幸運兒能夠住在庇護所，但多數人慢慢吃完晚餐之後就離開，回到黑暗之中。有些人吸毒或酗酒，有些人精神狀況有問題。在庇護所當義工總是會讓西奧停下來想想自己有多麼幸運。

每個人都拿到食物後，西奧和爸媽以及其他志工在廚房迅速吃了晚餐。有些志工開始洗盤子，儲存未吃完的食物。布恩一家人分頭工作，布恩太太到她的小房間裡去接見客戶，布恩先生在角落設立服務處，開始幫一對老夫妻檢視醫療表格。

西奧正在教一個四年級孩子數學，手機震動了。是胡立歐。西奧告退，走到外面可以講話的地方。胡立歐說他剛剛和巴比談過，他躲在城外偏遠的蘋果園舊倉庫裡，有一些無照移工住在那裡。警察來過一次，但那些工人知道怎麼躲開他們。他正在安排搭車回到德州，在那裡就能再次跨越邊界，踏上回家的路。

「你有沒有跟他說要留下來明天出庭作證？」西奧問，但他知道答案。

「沒有，西奧，我沒說。巴比不會去的。」

稍晚他們回家後，西奧準備上床，他把電話裡的事告訴爸媽。

他爸爸說：「那明天的法庭就會很有趣了。」

西奧回答：「我覺得我應該去。」雖然他對自己說對這場審判沒有任何興趣，也不在乎會發生什麼事，但終究無法否認事實。

「爲什麼呢？」他媽媽問。

「拜託，媽，爲什麼你們不承認，你和爸爸還有城裡每個律師都想在法庭裡，看傑克・荷根被迫宣布他的明星證人失蹤了？高潮迭起啊。克利弗・南斯會樂瘋了，激動地要求審判無效。那會是一場大戰，每個人都在吼叫，每個人都受到驚嚇。你們明知道自己很想去看的。」

「我明天很忙，泰迪，而你也是。你已經蹺了太多課，而且……」

「對啦、對啦。但學校有夠無聊，我考慮要退學！」

「如果你沒讀完中學，要進法學院可能會有點困難喔。」爸爸明智地觀察。

「晚安。」西奧已經朝樓梯走去，法官跟在他腳邊。他把自己反鎖在房間裡，手腳張開躺在床上，盯著天花板。只有一件事情要做，而他已經想了整個下午。他想要傳一封簡訊給巴比，最後一次深切呼籲他怎麼做才是對的。他很確定自己可以這麼做而不被抓到。巴比不會對任何人說的；事實上，巴比可能正擠在某輛載滿蘋果的卡車裡，穿州越省往德州飛奔。

也許他沒有。也許他還躲哪，而唯一能聯繫到他的辦法，只有透過手機。

西奧打開筆記型電腦，寫下一段訊息：嗨，巴比，我是西奧。審判快要結束了。明天非常重要。我們需要你在那裡。你會安全的，你在法庭上會表現很好的。請你回來。你的朋友，西奧。

他抽出西班牙文字典，開始翻譯。莫妮卡老師一向都說，語言學習要是逐字翻譯，這樣會出錯的。不過這個時候，西奧也沒有別的選擇。他修修補補地弄了半個小時，知道這裡面有一堆小錯誤，但還是在他的手機上輸入。他遲疑著，知道自己所做的事不對，不過還是按下送出鍵。

他在床上輾轉反側，過了一小時，終於睡著了。

第21章

西奧醒來，他睡得很好，準備來面對這一天。在淋浴間裡，他想著巴比的事，不過還是盡力不要再去想審判。

穿衣服的時候，他想著傑克·荷根，不過還是盡力不要再去想審判。

倒兩碗穀片的時候，他想著彼得·達菲，但還是盡力不要再去想審判。

騎腳踏車去學校時，他穿過主街遠遠地看到法院，他還是盡力不要再去想審判。

他聽著莫妮卡老師講述西班牙文的形容詞，想起他發給巴比的手機訊息。當然，沒有任何回應。他還是盡力不要再去想審判。

他坐在幾何學課堂裡作著白日夢，正想到即將舉行的露營旅行時，有人敲門，然後門開了，表情嚴酷的葛萊德威爾校長走進教室，不理會卡曼老師而直接看著他說：「西奧，請跟我來。」他的心臟急速凍結，膝蓋癱軟地走向門口。門外走廊上是巴德警官和史尼德警官。他們倆沒有笑容，西奧的手掌和手腕也凍結了，等著被上手銬。

葛萊德威爾校長說：「甘崔法官剛剛跟我談過，他想要在他的辦公室見你，立刻。他請這兩位警官過來載你去法院。」

西奧無法思考、無法說話、無法做任何事，站在那裡像個嚇壞了只想找爸媽的小男孩。

「好。」最後他勉強吐出幾個字：「怎麼回事？」

噢，他知道了。他給巴比的兩封訊息不知為何被發現了，他即將面臨串證罪。甘崔法官很生氣，克利弗．南斯要求逮捕他。他這輩子完了。他會被送去少年感化院。

「走吧。」巴德說。他們挾著他經過走廊，彷彿被人送往電椅或毒氣室或槍決場。斯托騰堡中學裡的流言傳播速度常讓西奧很驚訝，所以他看到幾個愛打聽的老師站在他們敞開的門口看著，反而不覺得那麼訝異了。在大廳，幾個七年級學生正在布告欄上布置藝術作品，這時他們停下來，張口呆望著他這個囚犯被帶走。黑白相間的警車在人行道旁等待，配上一應俱全的警徽、警示燈、天線。

史尼德說：「坐後座吧。」

西奧爬進去，身體坐得低低的。車子開始移動的時候，他幾乎看不到外面，不過他勉強往後看了學校一眼。幾十個學生站在窗戶邊，看著年少的西奧．布恩被押去面對無情的犯罪司法系統。

沉默了幾分鐘後，西奧問：「到底是什麼事？」

駕駛巴德警官說：「甘崔法官會解釋一切。」

「我可以打電話給我爸媽嗎？」

「當然可以。」史尼德說。

西奧反倒是打給艾克，他接了電話。西奧說：「嘿，爸，是我西奧。我在去法院的路上，要去見甘崔法官。」

艾克說：「好，我就在法庭外面。現在是中場休息。陪審團都還在。目前法庭裡還沒有發生什麼事，不過我懷疑傑克·荷根最後還是必須承認巴比·艾斯科巴失蹤了。事情現在很緊張。」

西奧心想，眞是說對了。「嗯，我一會兒就到了。你最好跟媽說一下。」

「好。」

他們的車停在法院後面，從後門進去。爲避開人潮，他們選了一台舊電梯直通二樓，迅速進入甘崔法官辦公室的外間。那裡擠滿了律師，有傑克·荷根和他的人馬，還有整個辯方團隊。荷根和克利弗·南斯在一個角落竊竊私語，看來是極端重要的大事。西奧隨著兩名警官走向那扇大門，每個人都停下來盯著他看。

大門裡面，甘崔法官獨自一人等著。他遣走巴德和史尼德，然後和西奧打招呼。他似乎並不是特別惱怒，只是很緊繃。他說：「西奧，抱歉這樣麻煩你，不過發生了一件重要的事。巴比·艾斯科巴似乎失蹤了。你知道這件事嗎？」

這個時候，西奧不確定什麼是對、什麼是錯，但他無法改變做過的事。而且，他信任甘崔法官。「是的，先生。星期一半夜，他的表弟胡立歐．裴那打電話給我，說巴比剛跟他談過，他說已經離開那家汽車旅館躲起來了。」

「所以，你從星期一晚上就知道這件事了？」

「是的，先生。我不知道該怎麼辦。你知道的，我只是個小孩。」

「你對父母親說過嗎？」

「昨天早上我告訴艾克，下午告訴爸媽。我們希望他們能找到巴比，一切就沒事了。」

「嗯，他們還沒找到他。你知道他會去哪裡嗎？」

「昨天晚上他打給胡立歐，說他躲在衛克斯堡附近一個蘋果園裡，還說他計畫回到德州去跨越邊界。胡立歐打電話給我，跟我說這件事。」

甘崔法官摘下眼鏡，揉揉眼睛。他坐在他那張巨大的桌子後面，穿襯衫、打領帶。西奧坐在他對面一張椅子上，雙腳幾乎碰不到地。他覺得自己好渺小。「還有一些事。」他說著拿出手機，找到發給巴比的那兩封訊息，隔著桌子遞出手機。

甘崔法官讀了訊息，聳聳肩。「是西班牙文。你寫的嗎？」

「第一封有人幫忙翻譯，第二封是我自己寫的。」

「寫的是什麼呢？」

「我只是跟巴比說今天是很重要的日子，他必須來法庭，他會沒事、他會安全。就這樣。我沒有要串通證人。我發誓。」

甘崔法官又聳聳肩，在桌面上把手機推回去。「我佩服你的西班牙文。」

西奧拿了手機，覺得整個身體放鬆下來。什麼，不用上手銬嗎？不會被關嗎？傳簡訊給關鍵證人不用被罵到臭頭嗎？他深吸一口氣，然後盡量完全吐出來，緊縮的胃也舒服些了。

「那他有任何回覆嗎？」

「沒有，先生。」

「你今天早上和胡立歐談過嗎？」

「沒有，先生。」

「嗯，照這個樣子，我看又是一次無效審判了。傑克．荷根在他的開場陳述裡提及巴比的證詞，而現在那孩子不見了。警方就這樣讓他溜走，實在無法置信。」

「眞的很難相信。」西奧這麼說只是因爲他不知道該說什麼。

「你最好在這裡待一陣子，萬一他決定要打電話來。當然，除非你想回去上課。」

「我留下來。」

甘崔法官指著角落一張卡在兩個大書架間的椅子。「你去那裡坐，安靜別出聲。」

西奧迅速竄進那張椅子，隱形起來。甘崔法官在電話上按了一個鍵說：「哈迪太太，請律師們進來。」

沒幾秒鐘，門就開了，所有在外面等候的律師蜂擁而入。甘崔法官指示他們到一張長形會議桌入座，自己坐在長桌最末端。法庭書記官在法官身旁架好一台速記機器。每個人就座之後，甘崔法官說：「現在開始記錄。」書記官開始敲鍵。

他清了清喉嚨，然後說：「現在是星期三早上將近十點三十分，州政府已經傳喚所有檢方證人，除了一位巴比．艾斯科巴先生，他沒有出庭，而且顯然不知去向。你同意嗎，荷根先生？」

傑克．荷根坐著不動。他顯然又生氣又挫折，卻也不得不投降。「是的，庭上，看起來是這樣。」

「南斯先生？」

「庭上，我代表被告彼得．達菲提出審判無效，理由是檢察官荷根先生在開場陳述向陪審團承諾，有一位目擊證人對辯方會有重大損害，這位證人對結果將有決定性的影響。陪審團有充分權力相信這一點。的確，我們都信以爲眞。自從星期一上午以來，陪審團就在期待州檢方請這位目擊證人出庭。然而現在看來，情況並非如此。這對被告極端不公平，並且構成明顯的理由予以審判無效。」

「荷根先生？」

「無須如此急迫，庭上。我認爲這個情況是可以向陪審團解釋的，可以請陪審團不必理會我的開場陳述，我願意向陪審團道歉並解釋我的行爲，一切都是眞心誠意。即使沒有巴比·艾斯科巴的證詞，我們已經提出足夠的證據能將被告定罪。第二次審判無效表示這件謀殺指控將被駁回，而這是不正義的。」

甘崔法官說：「我無法同意，荷根先生。損害已經造成，被告無法與那位證人做交叉詰問。既然承諾會有如此關鍵的證詞，卻無法提出，這對他似乎相當不公平。」

荷根的肩膀垂下來，搖搖頭。克利弗·南斯勉強忍住微笑。西奧無法相信自己的好運，這是任何人記憶所及最轟動的一次謀殺審判案裡最重要的一刻，而他就坐在最前排觀看。他全身上下一根汗毛也沒動，聽進每一個字。似乎沒有人注意到他的存在。

甘崔法官說：「我們就繼續休庭到今天下午。搜尋行動沒有結束，可能會有進一步消息。下午兩點我們在這裡見。從現在起，不准對外洩漏任何一個字。我不希望我的陪審團知道有什麼事發生。會議結束。」

律師們慢慢站起來，走向門口。甘崔法官做個手勢要傑克·荷根留下。門一關上，他們單獨相對，他對這位檢察官說：「衛克斯堡外有個蘋果園，要警方立刻去搜索。」

荷根迅速離開，甘崔法官坐回他大桌子後方的位子。他看著西奧說：「眞是一團糟。要是你，你會怎麼做呢？」

西奧想了一秒鐘。他對此震驚不已，包括這份工作的孤獨感以及做決定的重要性，那些決定將影響那麼多人的生命。以前他要不是夢想成爲法庭內的大律師，就是夢想成爲一位睿智且受人尊敬的法官。而現在，他的想法不同了。這個時候，他不會想要站在甘崔法官的位置上。

他說：「我喜歡傑克．荷根的說法。爲什麼不能對陪審團好好解釋，讓他們就目前所聽到的證詞來決定這個案件？有很多證據直接指向彼得．達菲有罪呀。」

「我同意，不過如果他被定罪，他會上訴的，而本州的最高法院一定會改判。西奧，沒有任何法官願意改判的。那表示我們得審判彼得．達菲第三次，而那似乎並不公平。」

「但那樣是不是就會讓我們有時間找到巴比．艾斯科巴？」

「你眞的認爲他們會找到他嗎？」

這個問題西奧考慮了一秒鐘，然後說：「不，先生，不太可能。他可能已經在回德州的路上了。我覺得這也不能怪他。」

有人重重地敲門，甘崔法官還沒回答，瑪伽拉．布恩太太就闖進辦公室說：「亨利，西奧在哪裡？」

西奧倏地站起來說：「嗨，媽。」

甘崔法官起身說：「你好，瑪伽拉。西奧和我正在討論審判。」

「我聽說他被逮捕了。」她說。

「什麼事要逮捕他？不是啦，他在幫我考量審判無效的提案。你請坐。」

她深吸一口氣，搖搖頭，好像很無奈又難以置信，也許兩者都有吧，不過勉強可以放下心了。

第22章

警察徹底搜索了衛克斯堡附近三個蘋果園，什麼都沒找到。周圍八公里內的每個無照移工全都消失在樹林裡，沒有他們的蹤影，也沒有巴比的蹤影。到了中午，他們向斯托騰堡警方報告這個壞消息。他們也問過胡立歐和他媽媽卡蘿拉，同樣沒有巴比的消息。他們和巴比的老闆談過，老闆也不知情。搜尋結束，目擊證人不見了。

西奧和爸媽及艾克在老爹快餐店吃了一頓愉快的午餐。爸爸建議西奧回學校，但西奧並不這麼想。他解釋，甘崔法官需要他。法庭嚴格命令他留在法院附近，以防巴比萬一決定要來。「沒那個可能啦。」艾克嚼著號稱世界知名的燻牛肉三明治。

布恩太太在一點鐘要出庭，當然啦，布恩先生也有緊急要事在辦公室等著他。西奧和艾克在主街上來回漫步殺時間，就等著兩點鐘律師們再次會面，甘崔法官會做出意想不到的宣布：再一次無效審判。

西奧一度這樣問：「嗯，艾克，你有沒有想過那筆賞金？」

「當然。」艾克承認。

「賞金的事會怎麼樣？」

「不知道。一方面達菲已經被抓了，他會因潛逃罪坐幾年牢。我想我們可以請求那筆錢，因爲他被找到、押送回來、定罪，然後送進監獄。不過另一方面，州政府提供這筆賞金是要給任何提供線索而讓他們逮捕，並使彼得·達菲因謀殺米拉·達菲被定罪。謀殺，不是逃亡或規避法律責任之類的。所以，如果是又一次審判無效，想拿到那筆錢恐怕很難。」

「那我們大概沒希望了。」

「看來大概是。你想過那筆錢嗎？」

「偶爾啦。」

「嗯，別想了。」

在高孚優格冰淇淋店的門口，他們和兩個陪審員錯身而過，他們在法庭看過那兩張臉。兩人都戴著正中央標寫著「陪審員」的大圓鈕釦，這樣大家就知道他們是重要人物，而且不可以詢問他們關於彼得·達菲的事。

艾克想喝咖啡，所以他們走進主街上一家葛楚餐館，那裡供應世界知名的胡桃鬆餅。西奧常常在想，是否每個小城市都會吹噓它們有什麼世界知名的餐點。這裡高朋滿座，也都是些熟面孔，西奧不認識這些人，但在法庭打過照面。大家好像都在等兩點鐘。

要是他們知道的話……

西奧說：「我爸每天早上都來這裡吃早餐。他和一些老傢伙坐在那張圓桌，吃吐司喝咖啡聊八卦。聽起來很無聊對不對？」

「我以前也是那樣喔，西奧，很多很多年前，也坐在那張桌子。」艾克難過地說，似乎想起一段比現在愉快許多的時光。「但我並不懷念。現在呢，晚上到酒吧混，和一些跨黑白兩道的傢伙玩玩撲克牌，這比較好玩。聊的八卦也棒多了。」

西奧點了柳橙汁，他們又消磨了一些時間。一點半，他的手機震動了，是甘崔法官發來的簡訊：西奧，有消息嗎？

沒有，抱歉。

十五分鐘之內到這裡來。

是的，先生。

「是甘崔法官。」西奧說：「他要我在十五分鐘之內回到他的辦公室。你看吧，艾克，他需要我的幫忙來決定這件大事。他明白我有多聰明，我懂多少法律，他決定在這個關鍵時刻依靠我。」

「我還以爲他應該會更聰明一點。」

「他是天才耶，艾克。英雄惜英雄啊！」

「那你會怎麼裁定這件事？」

「我會向陪審團解釋一切，繼續審判，希望檢方有足夠證據將達菲定罪。」

「檢方沒有足夠證據啦，第一次審判就知道了。而且你要是不現在宣布審判無效，要是真被定罪，那只會引發上訴而已。你不會成爲好法官的。」

「謝謝你喔，艾克。那你會怎麼做？」

「他沒有別的選擇，只能宣布審判無效。要是我就會這麼做。然後，我會要求警方給我們那筆賞金。」

「你不是要我別想了？」

「沒錯。」

一點四十五分，西奧跟著哈迪太太進入甘崔法官的辦公室。她關上門之後就離開了。西奧找了位子坐下，等甘崔法官講完一通電話。他看起來既疲倦又無奈，桌面中央的餐巾紙上擺著一個吃到一半的三明治，旁邊是一個喝光的水瓶，西奧這才明白，甘崔法官沒有那個閒情逸致到外面吃午餐，當然會有些閒雜人等想探聽審判的進展。

他掛掉電話之後說：「是衛克斯堡的警長打來的，這個人我很熟。沒有我們那位朋友的蹤跡。」

「他失蹤了，法官。巴比活在暗處，就和很多無照移工一樣。他們知道怎麼搞失蹤。」

「我以爲你的父母要當保證人，好讓他早點拿到公民身分。是怎麼了呢？」

「不確定，但我想那些文件在華盛頓那邊塞住了。他們還在試，可是進展實在很慢。現在我猜那也無所謂了。他在薩爾瓦多的媽媽病倒了，他要回家。」

「唉，他眞的搞砸了這件案子。」

「法官，我有個疑問。第一次審判時，巴比最後終於出面，你宣告了審判無效。接下來那一週，巴比去傑克．荷根的辦公室提出正式的陳述。他們請來最棒的翻譯，一位西班牙文的審判事務專家，一切都由法院書記官記錄下來了，對不對？」

「沒錯。」

「那爲什麼不把那次的陳述讀給陪審團聽？那樣他們就能知道巴比要說的是什麼，我們就能結束審判。」

甘崔法官微笑著說：「沒那麼容易，西奧。要記得，如果你被控告一項罪名，你有權和控告你的人面對面，那些作證對你不利的人要彼此對質。彼得．達菲沒有這個機會，因爲巴比陳述時，他的律師並不在場。如果我現在允許用他的陳述作爲證據，也會形成上訴後判決逆轉的充分理由。」

「我想，要維持公平得要有膽識，對吧？」

「是的，可以這麼說。」甘崔法官看看手錶，皺起眉頭，慢條斯理地以手指輕敲桌面。

「嗯，西奧，我想時間到了。你要待在這裡還是回去上課？」

「待在這裡。」

「我想也是。」他指著角落同樣的那張椅子，西奧重回他的位置。甘崔法官按下電話鍵說：「哈迪太太，請律師們進來。」門開了，房裡隨即擠滿人，他們都圍著桌子。書記官準備好之後，甘崔法官說：「現在是下午兩點，搜尋巴比·艾斯科巴的行動已經結束。法庭收到辯方提出審判無效的申請。荷根先生，你還有什麼要補充的嗎？」

傑克·荷根很不情願地說：「沒有了，庭上。」

「南斯先生？」

「沒有，庭上。」

「好的。」甘崔法官深吸一口氣說：「這件事恐怕我別無選擇。巴比·艾斯科巴未能出庭作證，如果繼續審判，對被告一方有欠公允。」

西奧的口袋裡傳來手機震動。他抓出手機，一瞥之下幾乎昏倒，是巴比。他脫口大叫：

「法官，等等！」

第23章

按照巴比的要求，甘崔法官、西奧連同一位翻譯，開車五分鐘到楚門公園的旋轉木馬旁邊等著。他們到了那個地方，巴比從一排高大的黃楊木後方走出來與他們碰面。他的靴子沾滿泥土，牛仔褲也很髒，雙眼泛紅，看起來很累。他用西班牙文說：「我很抱歉這樣見面，但是我很害怕，不知道怎麼做才好。」

那位通譯員是個年輕女人，叫做瑪麗亞，她把這些話翻譯成英文。

甘崔法官說：「巴比，自從我們幾個月前談過之後，沒有任何改變。你是重要證人，我們需要你到法庭說出你看到的事。」

瑪麗亞舉起手說：「不要那麼快，請說短句。」她一邊用西班牙文傳譯，甘崔法官一邊繼續說：「你不會被逮捕，不會受到傷害，我保證。剛好相反。我會確保你受到保護。」

英文翻譯成西班牙文，巴比勉強擠出一絲微笑。

找到證人的消息轟動整個法院以及市區各家法律事務所。三點鐘，更多人聚集過來。西奧和艾克坐在檢方後面第二排的最佳位置，伍茲．布恩奮力排除他辦公桌上急如星火的工作，也一起列坐旁聽審判。西奧看看四周，注意到城裡很多律師都來了，正忙著占位子。

彼得．達菲被帶進來坐在被告席，看起來很蒼白且困惑。他和克利弗．南斯聊著，這位律師顯然沮喪又氣惱。僅僅一小時之前，西奧見到的那股不可一世的氣勢已經消失無蹤。

法警要大家肅靜，幾秒鐘後群眾才坐定。法庭內座無虛席，而且四面牆邊站滿了人。甘崔法官就位，指示法警把陪審員帶進來。他們坐下之後，法官看著他們解釋：「陪審團的各位先生女士，很抱歉時間有所延誤。我了解要各位等幾個小時讓我和律師們解決事情是很難熬的，不過這是法庭審判的常態。總之，我們現在已經準備好繼續。州政府這方將再傳喚一位證人，巴比．艾斯科巴先生，他不會說英語，因此我們會有一位法院認證的通譯人員，她的名字是瑪麗亞．歐莉伐，我們以前合作過，她很優秀。她會宣誓說實話，就像證人一樣。以這種方式聽取證詞的確有點奇特，但是我們別無選擇。我曾讀過一篇談紐約聯邦法院的文章，他們那裡有超過三十種語言的通譯人員。我想我們還算幸運，只要兩種語言就夠了。總之這樣作證會比較慢一點，我們不急，還請各位保持專注與耐心。律師們準備開始了嗎？」

傑克．荷根和克利弗．南斯都點點頭。

瑪麗亞．歐莉伐起身，走向證人台。法警拿出一本聖經，她將左手放在聖經上。法警說：「你是否鄭重宣誓，將盡你所能忠實並準確翻譯證詞？」

她說：「我發誓。」

甘崔法官說：「荷根先生，傳喚你的下一位證人。」

荷根起身說：「州政府傳喚巴比·艾斯科巴。」

一扇邊門打開，巴比出現了，跟在一位法警後面。他不去看群眾、不看律師、不看被告，帶著些許信心走向證人台。他之前來過，在審判開始前一週，傑克·荷根帶著巴比來到空盪盪的法庭，幫他安排了一場冗長而累人的正式彩排。荷根用許多問題對巴比猛攻，瑪麗亞擔任通譯。另有一位助理檢察官扮演克利弗·南斯的角色，甚至假裝對巴比大吼、叫他騙子！起先巴比慌得不知所措，但是經過這一天的特訓，他開始了解作證是怎麼一回事，特別是酷刑般的交互詰問。

那個回合結束之後，傑克·荷根對他的證人很有信心，巴比卻不是那麼肯定。

他宣誓所言屬實後就座。瑪麗亞坐在他旁邊一張折疊椅上，面前也有一支麥克風。法庭一片肅靜，陪審員瞪大眼睛等著。

西奧從來沒有看過或感受過這樣的張力。真是不得了！

荷根先從簡單的問題慢慢開始。巴比十九歲，和他阿姨一家人住在一起。他來自薩爾瓦多，來美國還不到一年，他是非法跨越國界來找工作的。在家鄉他有家人，父母以及三個小弟，他們很窮且經常挨餓。巴比並不想離家，但沒有別的選擇。一到斯托騰堡，他就在威佛利溪區的高爾夫球場找到工作，負責除草以及其他一般的維護工作，工資是一小時七美元。他試著學英語，不過好像就是學不來。他十四歲就輟學了。

進展到事發當日：那天是星期四，天氣多雲有風，高爾夫球場上沒有什麼人。十一點三十分，巴比和他的同事開始三十分鐘的午休，地點在溪區球場隱密處的工作小屋。巴比一如往常避開眾人而去了樹蔭下某處，那是他最喜歡的地方。他喜歡獨自用餐，因爲這樣他就有時間可以思念家人並祈禱。

傑克．荷根向一個助理點點頭，螢幕上出現一幅溪區球場第六球道的大空照圖。巴比用紅光雷射筆向陪審團指出他當時午餐地點的確切位置。

他繼續作證：大約到午休過了一半，他看到一輛高爾夫球車在包圍球道的柏油路徑上奔馳，接著這輛車穿越球道來到一棟住家，現已證實是達菲宅。一個穿著黑色毛衣、褐色長褲並戴著深紅色高爾夫球帽的男人將球車停在露台邊，他從車裡出來，伸手到高爾夫球袋裡拿出一隻白色手套，並迅速戴在自己的右手。左手已經有一隻手套。他走過露台在門前停住，脫掉鞋子。就巴比所見，那男人行動倉促。巴比坐在樹下，隔著大約是五十到一百公尺的距離，可以很清楚地看見那男人和達菲宅後方。那時巴比沒有多想，只是不解爲什麼那男人要戴上另一隻手套？還有爲什麼要把鞋子留在露台？很多住在威佛利溪區的人都會打高爾夫，也會因各種理由而回家一下。巴比繼續吃他的午餐，幾分鐘過去了，他沒有手錶，也沒有手機，不知道確切時間。那個時候，溪區第六球道上並沒有其他打高爾夫的人。那男人從房子裡出來，很快穿上他的鞋子，脫下兩隻手套，放在他的高爾夫球袋裡。他看看四周，顯然是沒看到有其他人，然後就朝來時方向開車離開。幾分鐘後，巴比回到工作小屋，午休時間結束。工頭，也就是巴比的老闆，他管理很嚴格，要他們準時十二點整回去工作。大約一個小時後，巴比和一個同事在調整十三號綠地附近的一個灑水頭，他看到同一個男人來到南九洞的十四號發球台。那男人看看四周，沒有看到別人，伸手從他的高爾夫球袋拿出某個白色物件丟進垃圾桶。當時那男人左手戴白色高爾夫球手套，就和所有慣用右手的高爾夫球打者一樣。巴比無法辨識出那男人放進垃圾桶裡的東西，但幾分鐘後，他從裡面翻找出兩隻手套，一隻左手，一隻右手。他解釋說，在高爾夫球場上工作的男孩們一天會清垃圾桶兩次，他們按照流程做，從垃圾裡面挑出用過的高爾夫球、置球座、用過的手套等各式各樣的雜物。巴比將那雙手套保留了幾天，當他聽說那男人是謀殺妻子的嫌疑犯時，便將手套交給朋友去轉交給警察。

傑克．荷根走到書記官旁的一張小桌，拿起一個塑膠袋交給巴比，請他打開並碰觸裡面的手套。巴比慢慢地照做。他確認之後，抬起頭來點點頭。「對，這就是我找到的那雙手套，那個穿黑毛衣、褐色長褲、戴深紅色高爾夫球帽的男人丟掉的手套。」他把手套放在一旁。

他繼續作證：找到手套後沒多久，威佛利溪區就傳出消息，大批警察湧入溪區球場第六球道附近的一棟住家。一名婦女死亡！巴比很好奇地回到工作小屋，然後慢慢走進樹林。達菲宅的後半部映入眼簾時，他看到同一個男人坐在他的高爾夫球車上被警察團團圍住。那男人顯然很難過，警察在安撫他。

傑克．荷根詢問證人以前是否見過彼得．達菲。沒有。他和工人們被要求，對待打高爾夫球的人要有禮貌，但不可以和他們講話。螢幕上閃現另一幅影像，一張是彼得．達菲坐在高爾夫球車上被警察圍繞的照片。他穿的是黑色毛衣、褐色長褲，頭戴深紅色高爾夫球帽。

巴比毫無困難地指認，他就是那個大概在十一點四十五分，或者說是他午餐吃到一半時進入房子、稍後又丟掉兩隻高爾夫手套的人。

傑克．荷根激昂地說：「庭上，請記錄，證人指認被告彼得．達菲先生。」

「已依此記錄了。」甘崔法官說著，瞥了一眼他的錶。大家都忘了時間，已經是五點十分。「我們休息十五分鐘。」他說。巴比在證人台上待了兩個小時，需要休息一下。他的證詞讓人聽得入神，主要是因爲太令人信服了，但是不同語言來回交錯，讓大家聽得很累。

「看來亨利今天要加班了。」艾克說。

「我還以爲他都會在五點鐘休庭。」伍茲說，不過他從來沒有出過庭。

「這要看情形。」西奧好像老練律師般說著。

彼得．達菲站起來伸伸腿。他看來瘦削脆弱，肩膀下垂。他那一方所有的律師都眉頭深鎖。克利弗．南斯和歐馬．奇普及帕可三人聚頭商議，他們就坐在被告席後面第一排。很少人離開法庭，大家都不想位子被占走。

五點三十分，甘崔法官回到法官席，不過只有一下下。他解釋道，其中一個陪審員不太舒服，再說今天時間也晚了，因此決定休庭到隔天早上九點。他敲下法槌之後就走了，巴比在兩位值勤法警護送下離開法庭。

西奧猜想，他應該會被帶到安全的地方，整晚都有人嚴密看守。

群眾陸續離開法庭時，布恩先生說：「嘿，艾克，我們今天晚上要吃外帶中華料理。你要不要來家裡吃晚飯，我們聊聊這場審判吧。」

艾克已經在搖頭了。「謝謝，不過我……」

「來嘛，艾克。」西奧懇求著：「我有很多問題要問你耶。」

艾克很少對他最愛的姪子說不。

第24章

廚房的餐桌到處是紙盤和餐巾，還有一盒盒雞肉炒麵、糖醋蝦、炒飯、餛飩湯、雞蛋捲，這些都是來自西奧最喜歡的金龍餐廳。西奧也想和艾克一樣用叉子吃，可是媽媽堅持要他用筷子吃。至於法官，牠就可以像狗狗那樣吞食兩個雞蛋捲。

艾克說：「我聽說，醫學檢驗並未發現米拉．達菲身上有任何皮製高爾夫手套的痕跡，沒有碎屑和線頭，什麼都沒有。有人推估彼得在離開現場前，就用毛巾之類的東西把什麼都抹掉了。他打球時經常戴的左手手套比較舊，而且經常使用，他們從那隻手套裡的汗水做了DNA採樣。右手手套則是什麼都沒有，可能因為那是全新的。他戴上手套只為了勒死她，然後就脫下來了。」

布恩太太問：「DNA和彼得．達菲吻合嗎？」

「當然吻合，但是又何必呢？有巴比的證詞，對陪審團來說就可以解釋一切了。」

「那麼，法醫不會出庭作證囉？」布恩先生問。

「不知道。他今天有來法庭，明天荷根可能會請他上台。如果是我就一定會這麼做，安全起見。他的證詞會讓巴比更加可信。」

「巴比在台上的表現如何？」布恩太太問。

「很不錯。」艾克說。

「很可信。」布恩先生說。

「西奧？」她問。

要西奧在一群熟知法律的大人面前發表法律意見，這種機會不是很常有，他勉強將食物吞下，字斟句酌地說：「陪審團好像花了一些時間才適應翻譯，我也是。西班牙文劈里啪啦那麼快，不過我想換成其他語言也是這樣吧，如果你不會說那種語言的話。」

「我以為你的西班牙文不錯。」艾克插嘴。

「沒那麼好啦，我都聽不太懂。幾個問題之後才抓到訣竅。那個通譯，瑪麗亞，她很棒。荷根先生一定和她及巴比事先練習過。他的問題簡要又切中要害，巴比的回答也是簡短而眞實。我一直問我自己：『他說謊有什麼好處嗎？陪審團難道不會相信他說的每一個字嗎？』我想他們會相信的。」

「噢，他們相信。」布恩先生說：「我觀察了他們的臉，看他們都聽進去了，而且全都相信。彼得．達菲就要被定罪了。」

「明天會怎麼樣呢？」西奧問。

「場面會很難堪。」艾克說：「克利弗．南斯會攻擊巴比，就像他在開場陳述那樣。他會叫囂非法移民的問題，他會指控巴比是和州政府談了交易，也就是如果他說了對達菲不利的證詞，就不會被遣返。恐怕巴比明天會很難熬了。」

西奧又覺得食物難以下嚥了。他說：「我想我應該到場。」

爸媽兩人搶著說話，卻都差點噎到。「那恐怕行不通喔，西奧。」媽媽厲聲說。她通常會搶先一步。

「你星期一已經一整天沒有去學校了，今天也幾乎沒有上到課。」他爸爸說：「這樣已經夠了。」

西奧知道，有時候稍微得寸進尺並不要緊，但有時候這樣做只會讓事情更糟。現在就是應該退讓的時候，他知道他贏不了，有尊嚴地接受失敗比較好。

他從桌邊起身說：「還是去寫功課吧。」

爸媽狐疑地看著他，假如他膽敢再提審判的事，兩人都準備好回擊了。他和法官離開廚房時，他以幾乎聽不見的聲音低語：「我想我就要生病了。」

隔天早上七點四十五分，西奧一邊吃早餐，一邊讀著線上版的地方新聞。爸爸已經出門，媽媽在起居室閱讀傳統紙本版、內容相同的報紙。

電話響了，一聲、兩聲，電話從來沒有在早上響過。西奧並沒有打算去接，但媽媽說：「西奧，請你接電話好嗎？」

西奧走到電話旁，拿起電話說：「布恩家你好。」

一個熟悉的聲音說：「早安，西奧，我是甘崔法官。可以請你爸爸或媽媽聽電話嗎？」

「當然，法官。」他幾乎要接著問：「到底是什麼事呀？」但他極力忍住，只說：「媽，是找你的。」

「誰啊？」她問，還沒等到回答就從起居室接起電話。西奧衝到門口去偷聽，聽到媽媽說：「喔，早安，亨利。」一陣停頓。「是的，是的。」更長一陣停頓。「唉，亨利，我不知道耶，他這星期的課已經少上那麼多天了，可是……」她在聽對方說話而停頓。西奧感覺自己心跳加速。她說：「嗯是啦，亨利，他的成績很不錯，我相信他可以跟得上。可是……」又停頓。「嗯，亨利，如果你這麼說的話，我想也不是個壞主意。」西奧大吃一驚，然後是：「外套和領帶，當然，好。亨利，謝謝。我現在就跟他說。」她掛斷電話，西奧竄回他的椅子上，抓起湯匙塞了一口圈圈穀片。

還穿著浴袍的布恩太太走進廚房，但西奧沒理她，他盯著他的筆電忙得很。媽媽說：「是甘崔法官打來的。」

西奧心想，那當然了，媽，我才剛跟他說過話。

「他說今天開庭需要一位司法事務官，他說你昨天扮演很重要的角色，今天可能還會需要你幫忙處理巴比的事。」

西奧勉強抬起頭說：「欸，媽，我不知道喔。我今天學校很忙耶。」

「他要你八點十五分到，穿西裝外套、打領帶，像眞正的律師那樣。」

西奧衝向樓梯。

八點十五分，西奧跟著哈迪太太進入甘崔法官的辦公室，她說了一句：「他來了。」就轉身離開。西奧在寬大的桌前找個位子坐下，等著甘崔法官看完一份文件。他看起來很累而且心情不佳。最後他說：「早安，西奧。」

「早安。」

「我想今天你會想來這裡。一定會高潮迭起，而且既然你是我們這次審判開庭開得成的原因，我想你會想要旁聽到有結局爲止。」

「結局？」

「是的，結局。西奧，你知道司法事務官要做哪些事嗎？」

「大概知道。我想他們是幫法官做研究之類的。」

「那只是一部分。我偶爾會用事務官，通常是夏天回家度假的法律系學生。他們的麻煩往往比用處來的多，不過偶爾也會碰到一、兩個不錯的。我喜歡的是話不多但很會聆聽，還能在法庭裡觀察入微的人。」他站起來伸展背部。西奧不敢說話。

甘崔法官說：「西奧，昨天晚上我和律師們商議，在這裡一直待到半夜。發生很多事情，我需要你的意見。」他在桌後開始踱步，同時做做伸展動作，好像哪裡扭到似的。「西奧，你知道，米拉．達菲有兩個兒子，威爾和克拉克，這兩個年輕人都上大學了。我想你一定也在法庭裡看過他們，他們每天都來。」

「是的，先生。」

「他們還是少年時，父親在一場空難中喪生。幾年後，母親嫁給彼得．達菲。威爾和克拉克與繼父相處得還不錯，彼得對他們挺好的，供養他們，帶他們去一些地方，也付學費讓他們上大學。當然，發生在他們媽媽身上的事讓他們痛不欲生，他們希望嚴厲處罰他。不過，他們已經決定不希望彼得被判處死刑，他們認為那樣太殘酷，而且他們對這個男人也還有一些感情，即使他做出這種事。他們和阿姨艾蜜莉．葛林，就是米拉的妹妹，花了很多時間討論，做出家族的決定：不要讓彼得被判死刑。昨天巴比作證之後，顯然陪審團很可能會判達菲有罪，於是他們來找傑克．荷根，請求他撤回求處死刑。這讓傑克很為難。作為州政府的檢察官，他有義務將謀殺犯求處以最高刑度，但傑克從來沒有要求過陪審團給誰判死刑，他也允許受害者家屬對這件事給予意見。昨天晚上，傑克．荷根與克利弗．南斯聯繫，跟他說了家族的決定。荷根也提出一項協議，即認罪協商。如果彼得．達菲承認謀殺罪，州政府將會建議判處終身監禁不予假釋。我收到通知，昨晚我們就在這裡談了好幾個小時。當然，這表示彼得．達菲會老死在監獄裡，但他不會在死牢裡等著被處決。這也表示這個案件到此結束，律師們不必被迫再花十五年走完上訴過程。你可能也知道，死刑判決會拖上好幾年。現在，我必須決定是否贊成認罪協商。你怎麼想呢？」

「彼得．達菲會接受條件認罪嗎？」西奧問。

「還不知道。我想他在牢裡度過了漫長的一夜吧。克利弗．南斯傾向接受這個條件，我們最後談話時，他已經決定建議彼得這樣做。再怎麼樣都比在死牢裡等著處決來得好。」

「法官，我贊成。」西奧說：「死刑讓我想到的是連續殺人犯或恐怖份子或毒販，那些真的很壞的人。我不會想到像彼得．達菲這樣的人。」

「謀殺就是謀殺。」

「沒錯，但彼得．達菲不會再犯殺人罪，對吧？」

「我懷疑。所以你贊成認罪協商？」

「是的。反正我對死刑有很多質疑。在認罪協商的情況下，人受到處罰了，受害者家屬滿意，也達到正義。我喜歡這樣。」

「好。律師幾分鐘後就到。我要你坐在那邊的位子不要介入，可以嗎？」

「當然。可是真正的司法事務官會躲在角落嗎？」

「所以你希望坐上桌嗎？」

「當然。」

「抱歉。想想自己有多幸運才能在這裡吧。」

「是。還有，謝謝你，法官。」

第25章

律師們魚貫進入室內，氣氛沉重而緊張。好幾個人瞥見坐在角落的西奧，但似乎沒有人在意，這時候有遠比他還重要的事。他們聚集在長桌邊，打開公事包，抽出文件和筆記本後坐下。甘崔法官在長桌一端的位子坐下，書記官也在他旁邊安頓好。長桌一邊是傑克．荷根和他的檢察官們，另一邊是克利弗．南斯和他的辯方團隊。彼得．達菲沒有出席。

甘崔法官說：「記錄開始。」書記官開始按鍵。

「南斯先生，我們的協議從半夜到現在維持不變。達菲先生做好決定了嗎？」

克利弗．南斯看起來好像一星期沒睡覺。他穿著昂貴的西裝，外表一向是那種事業成功的辯護律師模樣，但現在他的領帶歪歪的、襯衫皺皺的。他說：「庭上，昨天半夜我和我的當事人見面，今天早上六點又見過一次。他終於同意認罪並接受條件。」

「荷根先生，認罪協議書是否準備好了？」

「是的，庭上。」荷根的一位助理拿出一份整齊的文件，每個人都拿到一份。荷根說：「庭上，這份協議書滿平鋪直敘的。」

西奧以前聽過這種說法。其實是他爸爸說的，如果律師說某件事情「滿平鋪直敘的」，那麼最好特別注意，其實是很複雜的。

律師們慢慢閱讀那份協議，大約只有兩頁，其實眞的滿平鋪直敘的。

甘崔法官說：「被告承認一項被控謀殺有罪，此項得無期徒刑不得假釋。他也承認一項被控潛逃有罪，此項得兩年徒刑，與無期徒刑合併執行。」

「是的，庭上。」荷根說。

「我決定認可這項認罪協議。帶被告進來。」

一位副檢察官走向那扇門，開門，對接待區某人點點頭。一位穿著制服的警官走進來，後面跟著彼得・達菲，他後面還有一位警官跟著。他沒有戴手銬和腳鐐。達菲穿著他的標準深色西裝。奇怪的是，他似乎放鬆了，還能對甘崔法官微笑。他正要在克利弗・南斯旁邊坐下時，環顧室內而看見西奧。他背脊僵硬，微笑瞬間消失。他向角落走了幾步。

西奧知道達菲不會傷害他，總之不會是在這個時候，但他的心跳凍結了一秒鐘。達菲怒視著他說：「是你找到我的，對不對？在華盛頓機場的是你，對不對？」

西奧並不打算回答，但他的眼睛眨也不眨地瞪回去。

「夠了！」甘崔法官低吼，一位警官捉住達菲的手肘，將他帶回桌邊，坐在克利弗・南斯旁邊。西奧深吸一口氣。

甘崔法官說：「達菲先生，我這裡有一份兩頁的認罪協議書，請你仔細閱讀。」

達菲沒有伸手拿那份文件，倒是開口說：「法官，我知道裡面寫什麼，不用讀了。南斯先生全都對我解釋過。」

「那麼你要認罪嗎？」

「是的，先生。」

「好。爲了接受你的認罪，我必須問你幾個問題。」

甘崔法官從一本陳舊的手冊開始一一唸出問題。首先，他要確認達菲知道自己在做什麼。他是否和他的律師談過所有相關爭議？是的。他滿意律師的建議嗎？是的。對他的律師所做的工作有無任何抱怨？沒有。是否了解他將會在獄中度過餘生？是的。是否了解認罪即代表放棄上訴？是的，他了解。是否了解他一旦簽了認罪協議書就不能反悔？是的。甘崔法官詢問他的精神狀態。他是否服用任何藥物？沒有。有沒有什麼事可能會蒙蔽他的判斷？沒有。有沒有什麼事會讓他無法做這麼重要的決定？沒有。

這個過程開始變得有點冗長，西奧有個很棒的點子。他慢慢從口袋拿出手機，一邊注視著法官的後腦勺，一邊將手機藏在自己的腿後面，然後傳了一封訊息給艾克：我在甘崔這裡。達菲認罪了!!

幾秒鐘之後就收到回覆：我就知道。

艾克就是這樣。不管他知道多少，他就是以爲自己知道一切。

西奧突然有個可怕的念頭：他違反了甘崔法官對他的信任。法官一定不希望外界知道他這場小型會議的內容。這是至關要緊的事呀。

西奧很快又傳了一封訊息：別說出去，大嘴巴。

艾克回覆：我在法庭裡。每個人都知道。

這讓西奧感覺好多了，反正法庭裡很難有祕密，流言一定會像野火燎原。他明智地決定把手機塞回口袋裡。

甘崔法官問完整套問題時，他說：「很好。我確認被告彼得．達菲充分了解他的行爲，接受了充分的法律諮詢，而且並未遭受任何脅迫。達菲先生，我在此判決你謀殺米拉．達菲有罪，以及潛逃有罪。現在各方簽署認罪協議書。」

法官說話時，達菲向後靠在椅背上，瞥了西奧一眼，慢慢地搖搖頭。

文件作業都完成之後，甘崔法官站起來說：「各位先生，請在法庭就位，我會向陪審團說明。」

布恩夫婦和艾克坐在人群中等著。大家好像同時在說話，莊嚴而寬敞的法庭內充滿著期待的嗡嗡人聲。律師們從後面出現時，人們紛紛就座。所有眼睛注視著彼得．達菲走到他的位置，他一路上強顏微笑，好像沒事一般。

法警站起來低吼：「庭內請肅靜。」騷動立刻停止。

艾克靠向布恩太太說：「沒看到西奧。」她聳聳肩。布恩先生一臉狐疑，不見這小孩人影。

法警等大家都安穩就座後，大喊：「請起立！」眾人站起來，甘崔法官從後門走進來，他的黑色長袍在身後飛揚，而跟在袍子後面的正是他年輕的司法事務官。

西奧走上法官席看著擠得水洩不通的法庭，每個人依循傳統而起立，每個人都帶著敬意仰望，當下他決定當法官畢竟還不算太糟。他要自己不能微笑，那不適合如此莊重的場合。

甘崔法官在他那張厚重的黑色椅子坐下，並說：「請坐。」群眾紛亂坐地回長椅上，他指著法官席旁邊一張空椅小聲說：「西奧，你坐那裡。」西奧很快坐下。他的位置只比法官席矮個一、兩公尺，很像王座，坐在上面可以看到法庭裡面每一個人的臉。他對媽媽眨眨眼，但不知道她是否能看見。他向上凝望擁擠的看台，心想他那些同學正在教室裡認眞上課。他注意到有幾個人正盯著他看，心裡一定是在想：「那孩子在那裡做什麼啊？」

甘崔法官說：「早安。請帶陪審團進來。」

法警開了門，陪審團最後一次魚貫進入法庭。西奧看著被告席，發現彼得．達菲正在瞪著他。

西奧心想，太慘了，彼得。你要被關個好幾十年，而這還算幸運的呢。

陪審員就位後，甘崔法官對他們說：「各位先生女士早安，幾分鐘前在我的辦公室裡，被告彼得．達菲先生對謀殺認罪了。」

每個陪審員都看著彼得．達菲，而他則盯著自己的指甲。群眾之中發出一些驚歎聲。

甘崔法官繼續說：「大約一個月之內，本庭會正式對他判處無期徒刑，不得假釋。因此這場審判到此爲止。我要謝謝各位的付出，謝謝各位盡了身爲公民的職責。我們的司法系統依靠的就是像在座各位這樣的無私奉獻，雖然並非志願從事陪審工作，卻仍付出寶貴時間。你們是很了不起的陪審團，警覺、專注，並且願意付出。謝謝。現在各位可以離席了。」

所有陪審員都很驚訝，有些人似乎感到莫名其妙，不過大家好像突然都急著離開法庭。

法官看著彼得．達菲說：「被告將繼續拘禁於斯托騰郡警局，直到下次通知爲止。」他敲下法槌說：「休庭。」

他們離開法庭時，甘崔法官一手搭著西奧的肩膀說：「西奧，做得好。現在快回學校吧。」

第26章

一星期後，西奧在他辦公室裡奮力做功課，一邊聽著窗外雨滴聲，心想自從達菲案審判結束之後，日子有多無聊。這時候媽媽打開門來說：「西奧，請你一起來會議室好嗎？」

「當然好呀，媽。」這次會面是安排好的，不過西奧並沒有什麼要說的。他走進會議室，向艾克打了招呼，與麥肯塔許警長握握手。爸媽都在場，在西奧進來之前，這些大人已經談一陣子了。

警長解釋，照他的看法，西奧有資格拿到全部賞金十萬美元。是西奧認出彼得．達菲，不只一次而是兩次。是西奧手腳夠快錄了影像，是他叫艾克加入等等。而且是西奧被FBI徵召後才抓到達菲。

西奧當然同意這些話。問題是，他爸媽擋在中間。

布恩先生說：「沒錯，警長，這些我們都知道，我們很榮幸西奧有所貢獻。但是，就像我們剛剛說過的，西奧和這筆錢沒有關係。現在沒有，以後也不會有。」

布恩太太補充說：「而且他得到了一些幫忙，艾克丟下手邊的事飛去華盛頓幫西奧。我們認爲艾克應該分得一些錢。」

艾克想要和西奧對分這筆錢，但他不承認。

布恩夫婦都建議一半的錢應該給巴比．艾斯科巴，原因很明顯。要不是巴比，就不會有任何壓力促使彼得．達菲認罪。況且，說到誰最需要錢，那非巴比莫屬。

布恩先生建議把其中兩萬五千美元給西奧，這筆錢就作爲他上大學的信託基金。另外兩萬五千美元應該以現金付給艾克。剩下的五萬美元應該給巴比，也是開一個信託帳戶由布恩先生管理。這筆錢將由法院監管並確保使用在明智的用途上。

西奧對信託帳戶一無所知，只知道自己不能插手這筆錢，而且是由他的爸媽來控制。換句話說，他碰不到那些錢。他並不特別高興這筆款項的分配方式，反正他是連一毛錢都碰不到。巴比確實應該拿一些。但是，一半？

不過，西奧沒辦法出頭和他爸媽爭。他不想一副貪心樣，也不想從巴比那裡拿走什麼。艾克也不怎麼高興，不過兩萬五千美元比他一個月前的財產還多。兩天前在一個西奧未受邀參加的會議上，艾克和他弟弟及瑪伽拉爭論該如何分配這筆錢。他想要西奧和他自己拿多一點、巴比少一點。可是他們不讓步。

警長問艾克：「這樣你覺得可以嗎，布恩先生？」

「當然。」艾克說。不管了，他不想再吵了。

「你呢，西奧？」警長問。

「當然。」西奧說，其實根本沒他決定的份。

在這間事務所後方的窄巷裡，歐馬．奇普和帕可放低身子坐在一輛四輪傳動的貨車上。儀表板上有個接收器，喇叭開著。他們聽著布恩一家和警長的對話，不敢置信地搖搖頭。

「現在我們知道了。」歐馬說：「我一直在懷疑那小子，彼得也知道他和他那個怪伯父在機場。我們終於知道了。」

「但是太遲了，不是嗎？」帕可問。

歐馬微笑說：「帕可、帕可。你不知道，復仇永遠不嫌遲嗎？」

國家圖書館出版品預行編目（CIP）資料

西奧律師事務所：FBI的追擊 / 約翰．葛里遜（John Grisham）著；周怡伶譯. -- 初版. --臺北市：遠流, 2016.01
面；　公分.（西奧律師事務所；5）

譯自：Theodore Boone : the fugitive
ISBN 978-957-32-7760-6（平裝）

874.59　　104027030

西奧律師事務所 5

FBI 的追擊

文 / 約翰．葛里遜　譯 / 周怡伶

主編 / 林孜懃　執行編輯 / 陳懿文　特約編輯 / 蔡忠琦
美術設計 / 唐壽南　行銷企劃 / 金多誠、鍾曼靈
出版一部總編輯暨總監 / 王明雪

發行人 / 王榮文
出版發行 / 遠流出版事業股份有限公司　104005 台北市中山北路一段 11 號 13 樓
電話：(02)2571-0297　傳真：(02)2571-0197　郵撥：0189456-1
著作權顧問 / 蕭雄淋律師
輸出印刷 / 中原造像股份有限公司
□ 2016 年 1 月 1 日 初版一刷
□ 2024 年 1 月 5 日 初版十刷

定價 / 新台幣 250 元（缺頁或破損的書，請寄回更換）

ISBN 978-957-32-7760-6
ylib 遠流博識網 http://www.ylib.com　E-mail: ylib@ylib.com

THEODORE BOONE: THE FUGITIVE
By John Grisham